Titel der Originalausgabe: *N'BA. Ma mère*

Rohrbacherstrasse 18, D-69115 Heidelberg
www.wunderhorn.de

Gestaltung: Leonard Keidel
Druck: NINO Druck GmbH, Neustadt / Weinstraße
ISBN 978-3-88423-572-0

MIX
Papier aus verantwortungsvollen Quellen
FSC® C006655

Aya Cissoko

Ma

Aus dem Französischen von Beate Thill

Wunderhorn

Unserer Mutter, Massiré Dansira
Foyi te ba bo
Die Mutter ist das allerwichtigste

Für Koroke
und für JFC, unsere Tochter

»Du setzt ein Kind in die Welt, was ein Malheur.
Du hast kein Kind, was ein Malheur.«
Massiré DANSIRA

Woloba saya

Der Tod meiner Mutter

Meine Mutter ist tot. Heute wird sie auf dem Pariser Friedhof von Thiais begraben. Sehr viele Leute sind zum Begräbnis einer Frau gekommen, die sich oft über ihre Einsamkeit beklagt hat: »Zu wem, meinst du, soll ich gehn? *N kelen de bɛ n ka so kɔnɔ, n ni n ka tele dɔrɔn.* Ich sitz zu Hause mit meinem Fernseher.« Zwei Touristenbusse wurden für diesen Anlass gemietet. Sie sind fast ausschließlich mit den Männern der Familie gefüllt, denn sie spielen die Hauptrolle. Ein Begräbnis ist keine Weibersache.

Die Männer stolzieren wie auf einer Parade, geordnet und diszipliniert, obwohl sie in ihren bunt gemixten Kleidungsstücken nicht unterschiedlicher sein könnten. Die meisten kenne ich nicht, aber sie stammen wie Ma aus dem Dorf Kakoro Mountan in Mali und dies genügt, dass sie als Verwandte gelten. Unter den wenigen vertrauten Gesichtern sind auch einige ihrer früheren Feinde. In dem Trauerzug verhalten sie sich unauffällig, gehen langsam, mit ernster, betretener Miene. Ma hat ihren aufrechten Gang teuer bezahlt. Sie pflegte uns von den vielen Gemeinheiten zu erzählen, unter denen sie leiden musste, denn es war niemand außer uns Kindern greifbar und wir waren gezwungen, ihr zuzuhören. Um sich selbst zu trösten und ihren Durchhaltewillen zu stärken, sagte sie immer: »*Nafa te tinɛfɔ la bilen. Nka saya tɛ jɔn to. An bɛɛ bɛ don makɔnɔ de la.* Anstand zählt nicht mehr. Aber der Tod verweigert sich keinem. Jeder kommt dran.« ... und dann wird er sich für seine Taten verantworten müssen.

Ma starb schon vor drei Tagen. Kaum war ihr Tod bekanntgegeben, strömte diese weitläufige Verwandtschaft in unsere Wohnung und machte es sich dort bequem. Sie nahmen alle vier Zimmer in Beschlag, außer dem, wo die Tote lag. Damit nichts von ihren Sachen gestohlen wurde, blieb die Tür zu diesem Raum die ganze Zeit abgeschlossen. Die Erwachsenen, Männer und Frauen reifen Alters, kümmerten sich um solche Dinge. »*Faransi jigɔ de b'an denw na yan. U tɛ foyi dɔn an ka laadaw la!* Unsere Kinder sind wie Franzosen. Sie haben keine Ahnung von unserer Tradition!«

Die Männer blieben streng von den Frauen getrennt. Für sie wurde eigens ein Zimmer ausgeräumt. Darin blieb nichts übrig außer einem Sofa, ein paar orangefarbenen Stühlen und einigen von der Nachbarin aus dem zweiten Stock geborgten Teppichen. Die Jüngeren standen zumeist mit dem Rücken an die Wand gelehnt. Dennoch war nicht genug Platz und manche mussten sich im Flur aufhalten. Die Frauen hingegen waren in die Küche und ins Wohnzimmer verbannt. Wir Kinder der Toten flüchteten uns in das letzte verbliebene Zimmer, mit anderen inzwischen erwachsenen Kindern, die wie wir in Frankreich geboren sind.

Die Rollen waren klar verteilt, das ging ohne Absprache. Das Zeremoniell ist seit Urzeiten immer das gleiche. Es wird von den Männern organisiert und sie entscheiden über den Gang der Ereignisse. Sie zogen bei ihren Beratungen manchmal meinen älteren Bruder hinzu, der schon länger erwachsen ist, nämlich seit er wie sie alle das Ritual durchlaufen hat, mit dem man am Ende der Pubertät zum Mann wird. Es heißt *kulusita*. Meine Mutter hatte unbedingt darauf bestanden, dass es bei uns gefeiert wurde, ihr Sohn war schließlich nicht weniger wert als die gleichaltrigen Jungs, auch wenn er keinen Vater mehr hatte.

Die Frauen putzten und kümmerten sich um das Essen. Mir blieb nur die Rolle der Beobachterin. Schweigend schaute ich zu, wie sie alles erledigten. »*I da minɛ! Muso da man kan ka don nin kuma in na.* Sei still, Frauen haben in diesen Dingen nicht mitzureden.«

Dabei hat Ma vielen der Männer in dieser Trauergemeinde geholfen, dem einen mit ein wenig Geld, dem anderen, dass er nicht draußen schlafen musste, wieder einem anderen, dass er seine Papiere bekam. Keiner hat je ihre Hilfe abgelehnt, nur weil sie eine Frau war. Ma hat unablässig die Familienbande gepriesen: *Balimaya.* Trotz der Undankbarkeit ihrer Angehörigen, der Verleumdungen. »*N ye seko bɛɛ kɛn somɔgɔw ye, nka u m'a dɔn n ye. Ala b'a dɔn. N ye n tat o Ala ma.* Ich habe immerzu die Familie verteidigt. Keiner hat sich bedankt. Aber Gott weiß, wie er es vergilt. Ich halte mich deshalb an ihn.«

»*Bɛlɛkilitigiya kɔrɔ tɛ cɛya ye. I ye tɛmɛ sira.* Eine Beule zwischen den Schenkeln macht aus dir noch keinen Mann. Welchen Weg du nimmst, nur das zählt.« Am Morgen der Beerdigung hatte ich eine Auseinandersetzung mit Kurze Beine. Sein Gedächtnis ist genau so kurz wie seine unteren Gliedmaßen. Kurze Beine legt sehr großen Wert auf eine Tradition, die vor allem ihm nützt. Er tut sich ungeheuer wichtig bei seinen Geschlechtsgenossen, die von den beiden Touristenbussen zunächst vor dem Krankenhaus abgesetzt wurden, wo die Leiche aufgebahrt werden soll. Er spricht und schreibt ein besseres Französisch als sie, und außerdem haben sie es hier mit Weißen zu tun. Kurze Beine will mich daran hindern, Mas Leichnam selbst zu waschen. Er hat dazu zwei fremde Frauen aus einer Pariser Moschee bestellt, und zwar früher als am Vorabend vereinbart. Aber ich bin ebenfalls eher gekommen, als wir abgesprochen hatten. Kurze Beine gerät bei seiner Verteidigung ins Stottern:

»Es ist für alle das gleiche.«

»Wovon redest du?«

»Alle Leute aus dem Dorf haben für das gleiche Geld gesammelt, wir machen keine Unterschiede.«

»Aber alle sind nicht meine Mutter.«

Er müsste es am besten wissen, wir haben unter demselben Dach gelebt, lange Jahre. Er hatte bei mir mehrere Spitznamen: zuerst Bilakoro*, später Herr vom Busch. Aber jetzt ist nicht der richtige Moment, um mit ihm abzurechnen. Ich habe mich erkundigt: *»Ba su ye denmuso de ta ye.* Die Leiche einer Frau gehört den Frauen.« Und an erster Stelle ihrer Tochter. Nichts und niemand wird mich davon abhalten. Mit einem wütenden Blick und erhobenem Finger will ich ihn zum Schweigen bringen: *»I sen b'a la. Nin tɛ cɛka baara ye, muso baara do.* Sei still! Das ist nicht deine Angelegenheit.« Kurze Beine steckt nicht zurück, wieder einmal lässt das sein Stolz nicht zu. Aber ich werde keine Zeit mit ihm vergeuden. Das muss ihm klargemacht werden. Genau im richtigen Moment unterbricht uns ein Pfleger, um uns mitzuteilen, dass die Leiche freigegeben ist. Mir kann Kurze Beine widersprechen, aber einem Weißen wird er sich nicht widersetzen:

»Welcher Name steht als engster Angehöriger in den Papieren der Verstorbenen?«

»Ich habe ...«

»Sie brauchen nicht zu suchen, das bin ich. Von jetzt ab reden Sie nur mit mir.«

In einem winzigen Zimmer des Krankenhauses gehe ich mit großer Umsicht gemeinsam mit anderen Frauen aus der Verwandtschaft daran, Ma zu waschen. Eine gibt die Anweisungen, sie ist die Älteste und hat die größte Erfahrung: »Füllt die Eimer mit Wasser. Nehmt den Schwamm! Das üble Wasser darf nicht bis zum Kopf hochsteigen.

* Bilakoro: kleiner Junge, der noch nicht beschnitten ist. Anm. d. A.

Beeilt euch! Bringt mir saubere Handtücher! Den Stoff! Wo ist die Schere? Den Weihrauch! Das Parfüm!« Sie sagt, ich soll nicht weinen, ich halte die Tränen zurück. Wir müssen vor allem beten, nicht aufhören zu beten, solange die Totenwaschung dauert. Ich kenne die Gebete nicht, aber das hat mich noch nie davon abgehalten, mit Gott zu sprechen. Ma sagte immer zu mir: »*Min ka gɛlɛn o y'i k'i kɔnɔ jeya i mɔgɔ ɲɔgɔnw ye!* Das Wichtigste ist, dass du dich bemühst, zu den Deinen anständig zu sein.«

Ich wasche Ma bereits zum zweiten Mal. Ich hatte sie schon an dem Morgen gewaschen, als sie starb, zusammen mit einer Krankenschwester meines Alters, sie war schwarz und Muslimin wie ich, eine Senegalesin. Da sie gerade aus dem Urlaub kam, hatte ich sie auf der Station noch nie gesehen. Die Schwester schloss die Tür des Krankenzimmers hinter uns und erklärte, wie wir vorgehen mussten. Auch sie sagte, ich solle aufhören zu weinen. »*An, An.* Du musst ihren Geist in Frieden gehen lassen.« Sie hatte jüngst ihre eigene Mutter verloren und fand Worte, die mir wohltaten, wenn auch nur für kurze Zeit. Schon lange wende ich mich nicht mehr an Männer, um Trost zu finden. Nur das friedliche Gesicht von Ma konnte mir in diesem Moment helfen. Ma sah nicht aus wie eine Tote.

Im Leichenschauhaus erweisen die Männer und die Frauen meiner Mutter eine erste Ehrung. Sie ziehen nacheinander an ihr vorbei, zuerst die Männer, dann die Frauen. Sie umkreisen den Sarg einmal, bevor sie hinausgehen. Die Lade ist weit geöffnet. Ma liegt darin, in ein weißes Leichentuch aus Baumwolle gewickelt, das nur das Oval ihres Gesichts und die über der Brust gefalteten Hände frei lässt. Nur einige wenige Bemerkungen brechen das Schweigen: »*A b'i k'a bɛ sunɔgɔ de la ... A fari jɛra ... A b'i n'a fɔ a seginna denmiseninya la.* ... als würde sie schlafen. ... ihre Haut ist so hell. ... sie sieht jünger aus.«

Nach der Tradition müssen alle den Verstorbenen anschauen, um zu beweisen, dass sie mit seinem Tod nichts zu tun haben. Falls es Schuldige gibt, werden sie noch im gleichen Jahr sterben. »*Su t'u to!* Der Geist der Toten wird sie nicht ruhen lassen!« Unter den Versammelten sind nur wenige Frauen. »*A fɔra ko musow bɛ siran su ɲe.* Offenbar fürchten sie sich vor dem Anblick der Leiche.« Einige Männer nehmen schon hier von ihr Abschied. Sie werden nicht zur Beerdigung kommen, da sie ihre Arbeit nicht im Stich lassen können. »Der Chef hat mir nicht freigegeben.«

Auf der Fahrt vom Krankenhaus zum Friedhof sitze ich im Leichenwagen. Aber das dürfte nicht sein, das ist der Platz des Sohnes! Kurze Beine hat wieder versucht, es zu verhindern. Man hat ihm gut zureden müssen. »Der Bruder kann doch bei seinen Freunden mitfahren, sie haben ein Auto.« Ich streichle den Sarg vorsichtig mit den Fingerspitzen. Ma ist auch meine Mutter, obwohl diese Männer das ständig bestreiten.

Der Sarg wird am Eingang zu Block 101 abgestellt. Die Männer haben betend einen Ring darum gebildet. Wir Frauen warten in einigem Abstand, fünf Meter hinter der letzten Reihe der Männer. Wir sollten eigentlich bei ihnen stehen dürfen, schließlich ist dies ein nicht-muslimisches Land. Aber wie Ma immer sagte: »*Dinɛ tɛ tilekelenbaara ye.* Die Welt wurde nicht an einem Tag erschaffen.«

Ein Teil der Männer hält die rechte Hand über der linken vor der Brust verschränkt, andere etwas unterhalb der Brust, nur wenige wenden die offenen Handflächen zum Himmel. Ihre Köpfe drehen sich im Rhythmus nach rechts und links, wenn zwischen den vier Anrufungen gewechselt wird, aus denen sich das Totengebet zusammensetzt. Wer ist der Mann, der mit lauter Stimme den Koran rezitiert und den anderen vorsingt? Ich weiß es nicht, ich sehe vor mir nur Männerrücken. Wieder bekommt nur der Sohn eine Sonderstellung, als der Sarg von einigen Männern zur Grube getragen wird. Mein Bruder fasst ihn am Kopfende und geht mit den anderen rasch bis zu der Grube. Sie beten noch einmal, bevor sie den Sarg hineinsenken. Jeder nimmt dann eine Handvoll Erde und wirft sie auf die Kiste. Wie es sich gehört, *baraji ba la.* Gott wird sie dafür belohnen.

Wieder müssen wir Frauen warten, bis sie fertig sind. Eine Demütigung! Ich muss mich immer wieder zusammenreißen, seit der Tod von Ma eine Angelegenheit des ganzen Clans geworden ist, vor allem der Männer, angefangen beim Ältesten! Er gibt die Anweisungen. Männer und Frauen bilden eine hierarchische Gruppe, jeder hat einen festgelegten Rang. Stillschweigen, Würde bewahren, auch wenn sie mir den Abschied von meiner Mutter wegnehmen. Ma hatte mich auf dem Sterbebett schon darauf vorbereitet: »*I muɲu. Nin bɛɛ bɛ ban. A to Ala ma.* Halt durch. Alles hat ein Ende. Es liegt in Gottes Hand.«

Während die Männer den Block verlassen, bilde ich mit den anderen Frauen, ohne es zu wollen, die Ehrengarde für ihren Zug. Jetzt dürfen wir endlich ans Grab. Aber die Grube ist schon verschlossen. Inzwischen habe ich keine Kraft mehr, wütend zu werden. »*Ala ka Ma layɔrɔ sumaya.* Möge sie endlich Frieden finden!« Ich werde angewiesen, mich zu beeilen, falls ich Ma am Grab etwas sagen möchte. Die Männer haben Besseres zu tun, als auf die Weiber zu warten! Einer sagt, ich soll aufhören zu weinen: »Du siehst hier um dich herum nur Tote. Auch wenn wir heute viele sind, es kommt irgendwann auf uns alle zu. Beeil dich, wir müssen weg von hier!«

Es ist wichtiger, mir für einen Besuch bei Ma Zeit zu nehmen, wenn sich meine innere Unruhe gelegt haben wird. Ich gehe am folgenden Sonntag wieder auf den Friedhof. Es ist ein angenehmer Ort, sobald man durch das imposante Tor im Art-Deco-Stil gekommen ist, hat man das nahegelegene Einkaufszentrum vergessen. Dieser Gottesacker ist der zweitgrößte von Paris, nach dem von Pantin, es liegen hier Tote aller Konfessionen nebeneinander, jede in ihrem eigenen, durch breite Wege getrennten Block. Es sind auch Arme unter ihnen und Leute, die ihre Leiche der Wissenschaft vermacht haben. Ein lichtdurchfluteter Ort mit viel Grün. Nicht überladen, das hält den Kopf frei, ich werde ruhig. Mir fällt nichts ein, was ich Ma sagen könnte. Mir fehlen ihre Widerworte. »*An an.* Das kann doch nicht wahr sein!« Ich vermag nicht zu glauben, dass sie tot ist. »Ich bringe es einfach nicht fertig!«

Alles hätte noch schlimmer kommen können, wenn Ma für ihren Todesfall nicht vorgesorgt hätte. Sie hatte sich an ihren langjährigen Verbündeten Gangarana Issa gewandt mit der Frage, wo ihre Leiche nach ihrem Tod ruhen sollte. Mali oder Frankreich? Ganze Familien zerstreiten sich darüber, denn auch hier ist die Hierarchie des Clans zu beachten. Das Individuum gehört zuerst dem Clan, bevor es seinen Eltern oder Geschwistern gehört ... Und der Oberste des Clans entscheidet. Gangarana Issa hatte versucht, Ma zu beruhigen, als sie auf das Thema zu sprechen kam:

»Aber du musst doch nicht sterben.«

»Man weiß nie. Frag die Kinder und mach', was sie sagen.«

Gangarana Issa hat Wort gehalten. Als es so weit war, fragte er Koroke und mich in einem Flur des Krankenhauses:

»Bevor ich den Vätern im Dorf Bescheid gebe, müsst ihr mir sagen, wo die Leiche eurer Mutter begraben werden soll.«

»In Frankreich!«

»Wenn einer fragt, sagt ihr nur das. Ab jetzt ist das Problem für euch geregelt.«

Ich ließ Ma in ein anderes Krankenhaus verlegen, um sie den Blicken von Kurze Beine und Konsorten zu entziehen. Es war unerträglich für mich, Ma zu besuchen und an ihrem Bett diese Aasgeier zu treffen. Sie hielten sich immer in der Nähe auf, um hinterher sagen zu können: »Wir haben unsere Mutter bis ans Ende begleitet.« Der äußere Anschein zählt für sie mehr als die Wahrheit.

Das neue Zimmer von Ma war im vierten Stock eines kleinen Krankenhauses im 14. Bezirk. Es sollte ebenfalls in Kürze vom Erdboden verschwinden. Schließlich muss gespart werden. Ich bat das Pflegepersonal, keinem zu sagen, wo sie lag, denn die Geier lassen ihre Beute nicht los. Jeder Mann, jede Frau hat das Recht, in Würde zu sterben. »*A ye hɛrɛ k'an kan!* Lasst uns in Ruhe!«

Wie konnten wir das wagen? Man kann eine Frau doch nicht aus ihrem Clan verbannen, nur um ihr beizustehen, wenn sie im Sterben liegt! Aber, wie ein Bamanan-Sprichwort* sagt: »Sinnlos, einem Sterbenden den Duft eines gebratenen Fischs unter die Nase zu halten, wenn er ihn nicht essen kann. »*Maloya tɛ mɔgɔ faga bilen.*« Die Schande bringt heute keinen mehr um.

Mit Mas Zustand ging es schnell bergab. Sie fügte sich ins Unabwendbare. Sie hatte nicht mehr die Kraft für den Kampf gegen einen Gegner, dessen Angriffe sie früher häu-

* Bamanan: Bambara-Ethnie, der die Mutter der Autorin angehört. Malischer Dialekt, den beide sprechen. Anm. d. A.

fig abgewehrt und zurückgeschlagen hatte. Es war besser so! Ma sollte von uns gehen, wie es sich für sie gehörte. Ein langsames Dahinsiechen wäre für eine Frau ihres Schlags unvorstellbar gewesen.

Drei Wochen vor ihrem Tod bestellte mich der Chirurg ein:

»Der Eingriff bei ihrer Mutter war nicht erfolgreich. Können Sie möglichst schnell ins Krankenhaus kommen? Ich muss mit Ihnen sprechen, aber nicht am Telefon.«

Zuerst dachte ich, sie sei schon gestorben. Aber bestimmt gehörte es sich nicht, am Telefon einen Todesfall mitzuteilen. Das Gespräch war kurz.

»Wie lange hat sie noch zu leben?«

»Ein paar Wochen, drei Monate, allerhöchstens ein halbes Jahr. Ich weiß es nicht. Möchten Sie es ihr selbst mitteilen? Sonst kann ich das übernehmen, wenn es Ihnen lieber ist.«

»Ich werde es ihr sagen, aber wenn Sie bitte dabei sein könnten.«

Man ist nie darauf gefasst, seiner Mutter zu eröffnen, dass sie sterben muss. Von dem Moment an, als ich es erfuhr, suchte ich nach der richtigen Form. Ich bin nach wie vor davon überzeugt, dass sie es wissen musste. Wir brauchen eine Zeit, gewisse Dinge zu besprechen, bevor es zu spät ist. Am Ende wählte ich den Ton, der immer zwischen uns geherrscht hatte. Brutal direkt. Obwohl mir das Herz blutete.

»Sie haben es versucht, es ist nichts mehr zu machen.«

»Muss ich sterben?«

»Ja.«

A y'aw cɛ siri ka kɛ mɔgɔ ye!

Werdet anständige Menschen!

Lange Zeit hat Ma mir vorgeworfen, dass ich nicht so war wie sie. Zuerst tat sie alles dafür, dass ich ihr ähnlich würde, aber dann überlegte sie es sich anders: »Besser du wirst nich so! Nich gesund, keine Familie.« So ist das Leben, sagte sie mit einem Achselzucken. »*N sɛgɛnnen don, a y'aw labɛn.* Haltet euch bereit, mit mir is vorbei.«

Mas Leben bestand nur aus einer Folge von Schicksalsschlägen. Ein Unglück jagte das nächste. Dazwischen lagen mehr oder weniger lange Erholungspausen, damit es irgendwie erträglich war. Aber das nahm kein Ende. Mehr als einmal entfuhr mir der Seufzer: »Scheiße, Mama hat echt kein Glück!«

Ma belästigte uns die ganze Zeit mit ihren Ansprüchen, sie wollte, dass wir uns benehmen wie in Mali. Als wäre dort alles besser. Sie regte sich auf und wir regten uns ebenfalls auf. Und jedesmal überschüttete sie uns mit Beschimpfungen, wie das bei Schwarzen üblich ist: »*N bɛ n sen fil'i ju rɔ, ɲanɔgɔden in!* Ich werf dir meinen Fuß in den Hintern, Dreckskind! Die Kinder hier ham vor nix Respekt. Nichtsnutze, alle! ...«

»Du musst nicht immer schreien, wenn du redest.«

»Halt die Klappe! Ich red so. Is mein Haus. *Min ka di n ye, n b'o de fɔ.* Kann sprech wie ich will. Wenns dir nich pass, da die Tür! Was glaubs du, wen du hier kommandiers? Niemand! Eine Schande, mir widersprech'n!«

Und ihre Vorwürfe schloss sie jedesmal mit einem »Tchiiippp!«, das einem den Zahn ziehen konnte. Dieses

Geräusch mit dem Mund zeigte mir ihren Ärger, ihre Überlegenheit, und dass sie große Lust hatte, mich zu verprügeln.

Ma duldet keinen Widerspruch, aber noch weniger duldet sie Auflehnung, die Autorität eines Erwachsenen steht für sie nicht zur Diskussion. Ungehorsam bedeutet, sich mit ihr anlegen zu wollen: »*Bo dala!* Hau ab! Du da, was weiß du? Gar nix!« Wenn Ma in Fahrt ist, überträgt sich ihre Wut auf ihren Körper. Er wird taub. Sie bekommt schnell hohen Blutdruck: »*Kana n dusu bɔ!* Soll mich nich aufreg! Ein Punkt, zwei Punkt.« Sie sagt immer »ein Punkt, zwei Punkt« anstatt: »Punkt. Aus. Schluss.«

Es ist besser, man schweigt, um sie nicht noch mehr aufzubringen. Das gilt für alle. Pech gehabt, wenn du für ihre Missstimmung gar nicht verantwortlich bist: »Is mich scheiß egal!«

Ich versuche ihr Französisch manchmal zu verbessern, auch wenn ich Strafe riskiere:

»Wenn du zu einem Weißen ›mir scheiß egal‹ sagst, könnte er das übel nehmen.«

»Is mich scheiß egal, mich haben keine Weißen in die Welt gesetz!«

Man kommt bei ihr nicht weiter, wenn sie etwas entschieden hat. Ma hat kein Interesse daran, sich zu ändern, und noch weniger, dass einer ihr sagt, wo es langgeht. »*N bɛ sa tan.* Ich werd so sterb.« Sie macht ab jetzt, was ihr passt. Sie ist niemandem Rechenschaft schuldig außer Gott. »*A bɛ n ni Ala cɛ!* Das bleibt zwischen ihm und mir.«

Tag für Tag, unermüdlich, versuchte Ma mit Hingabe und Methode, aus mir ein ordentliches Mädchen zu machen: »Ein Kind muss früh lern'. *N'a kɔrɔbayara, o ye kow taalen ye ka dan kɛ!* Wenn's größer is, geht's nich zurück, zu spät!« Dass sie sich mit mir besondere Mühe gab, hatte zur

Folge, dass unser Verhältnis früh und auf Dauer schwierig wurde.

Bei unserem allerersten Zusammenstoß war ich fünf Jahre alt, vielleicht auch erst vier. Ma verlangt plötzlich, dass ich aufhören soll, am Daumen zu lutschen. Kein Mann will eine Frau mit einem unregelmäßigen Gebiss. »Die Zähne müss'n weiß sein und schön in Reihe stehn.«

Zu Anfang versucht Ma mit Strenge ihr Ziel zu erreichen: »Nimm das da aus dem Mund!« Da Worte nicht genügen, werden sie mit einem festen Klaps auf den Kopf oder den Rücken unterstrichen, ausgeführt mit der flachen Hand oder der Innenseite der geballten Faust. Dies hat aber nicht den gewünschten anhaltenden Erfolg, und um die Sache ein für alle Mal zu erledigen, bestreicht Ma den schuldigen Finger mit Peperonipaste. Die Folgen zeigen sich sofort: Feuer im ganzen Mund. Ich verschlimmere noch mein Unglück, indem ich mir das Gesicht mit den Händen reibe. Ich brülle, fuchtele mit den Armen und hüpfe von einem Bein auf das andere wie ein wildgewordenes Huhn. Unter dem Gelächter meines Bruders Koroke.

Unsere Streitlust bringt meinen Bruder irgendwann dazu, sich nicht mehr einzumischen, wenn wir zanken. »Interessiert mich nicht!« Er versteht nicht, warum wir so viel Zeit mit diesem Zwist verschwenden. »Ihr seid alle beide verrückt. Glaubst du echt, dass ich so krank bin, bei eurem Zirkus mitzumachen?«

Um nicht auf eine Seite gezogen zu werden, sagt er nichts, stellt nur den Fernseher lauter. Aber nachdem Ma endlich gegangen ist, wird er gesprächig: »Bist du blöd oder was? Wenn sie anfängt zu reden, machs wie ich, halt die Klappe. Warum antwortest du ihr überhaupt? Du redest zu gern, das ist alles. Das Reden ist eine Spezialität von euch Tussen. Ihr tuts zu gern! Aber nächstes Mal geht raus, wenn ihr euch anschnauzen wollt.«

Wenn wieder Ruhe einkehrt, nutzt Ma sie jedes Mal, um mich daran zu erinnern, wo ich herkomme. »*N de y'i kɔnɔ ta, k'i wolo!* Du kommst aus meinem Bauch. Ich hab dich in die Welt gesetzt.« Ma redet viel häufiger mit mir als mit meinem Bruder, weil ich mich gegen sie stelle. Und weil schlechtes Betragen bei Mädchen schlimmer ist: »*Kana fil'i yɛrɛ ma!* Vergiss nie was du bist!«

Ich bin ihr etwas schuldig, weil sie mir das Leben geschenkt hat! Unmöglich, diese Schuld jemals auszugleichen. Das wäre nur mit einem lückenlosen Gehorsam möglich. »Zu Befehl, Kommandant!«

Und da ich ein *Bamanan*-Kind bin, weigert sich Ma, in einer anderen Sprache mit mir zu reden als in Bambara. Nicht schlimm! Französisch genau so gut zu sprechen wie Bambara, erfordert von mir lange Zeit keine besondere Anstrengung, Bambara zu Hause, Französisch draußen. Aber es gibt noch einen weiteren Grund für Ma, mit uns in ihrer Sprache zu sprechen: damit steht und fällt ihre Glaubwürdigkeit. Ein Befehl muss klar und deutlich sein, ihr Französisch reicht dazu nicht aus. Ein Schmunzeln oder, schlimmer noch, Gelächter, richten bei ihr nichts aus. »*Boda bilen, a ye n bonya!* Rote Arschlöcher, ich verlang Respekt von euch!«

Mit den Erzählungen aus ihrer Kindheit bringt mir Ma alles über meine Herkunft bei und lehrt mich außerdem ihre Sprache. Ich unterbreche sie manchmal, um noch mehr zu erfahren, immer in Bambara: »Leben deine Eltern noch? Wie sieht das Dorf aus? Warum warst du nicht in der Schule? Wer ist Soundiate Keita?« Aber mit der Zeit verwende ich immer mehr französische Wörter. Das beunruhigt Ma: »*Bamanankan bo'i kɔnɔ!?* Du kanns nich mehr, was?« Sie hat Angst, dass ich über das Leben hier vergesse, wo ich herstamme: »*Bamanan de y'i ye, i kana ɲin'o kɔ.* Du bist eine Bambara, das darfst du nie vergessen.«

Aber was Ma sagt, ist nicht ganz richtig. Von meinem Vater her bin ich eine Cissoko. Und die Cissoko, genau wie die Keita, Doumbia, Kouaté oder Kamissoko, sind Malinke, gläubige Muslime. Vor sehr langer Zeit haben sich die Vorfahren von Baba im Tal des Niger angesiedelt. Dort trafen sie auf die ursprünglichen Einwohner, die Bambara, sie waren Animisten, Fetischisten, Ungläubige. Die Bambara heißen Coulibaly, Diarra oder auch Traoré. Malinke und Bambara bilden zusammen die Mandinka.

Massiré Dansira, also Ma, wurde etwa 1955 in Mountan geboren, im Bezirk Séféto, der Gemeinde Kita. Ihr Vater war N'Pé Dansira, Landwirt, er wurde etwa 1929 in Mountan geboren, als Sohn von Bakou Dansira und Toukouné Damba. Ihre Mutter war Hatouma Coulibaly, Hausfrau, geboren etwa 1930 in Sagoura Mountan, als Tochter von Sangara Coulibaly und Awa Fafana.*

Mas Kindheit war arbeitsreich, aber glücklich. Die Dorfbewohner, die »Augen hatten, zu sehen«, beneideten Momuso, meine Großmutter, dass sie so ein fleißiges und tapferes Kind in die Welt gesetzt hatte: »*A bɛ mɔgɔw bonya wa a ka kisɛ fana.* Sie hat Respekt vor den Erwachsenen und ist noch tüchtig obendrein.« Ihre Tage waren eingeteilt in immer die gleichen eintönigen und schweren Tätigkeiten. Ma zählt sie mir gern an jedem Finger auf: »Vor Sonnenaufgang pump ich Wasser am Brunnen. Danach stampf ich Hirse. Und dann wieder gehn wir aufs Feld. Am Abend muss ich noch einmal für alle Essen kochen ...« So war das tagaus tagein.

* So steht es in Mas Geburtsurkunde Nr 049/88 der Gemeinde Kita vom 31.05.1989. Anm. d. A.

Wenn sie unablässig auf ihre Jugend zu sprechen kommt, so hat das nur ein Ziel, mich daran zu erinnern, dass ich mich nie genug an den Arbeiten im Haushalt beteilige. Ma gibt die Schuld dafür meiner Faulheit und dem Leben in Frankreich: »Ihr da, man will nur ein Glas Wasser von euch? ›Ich bin müde‹ oder ›ich hab zu tun‹ – sowas geht in Mali nich. Dresche kriegste dort dafür. Freiheit, Freiheit: die Kinder hier ham nur das eine Wort im Mund. Du sags ›eins‹, sie sagen ›zwei‹, das is Freiheit, angeblich. Was nütz Freiheit, wenn du nix davon hast? *Anw tɛ tubabu ye. Namɔgɔden in!* Wir sind keine Weißen. Dreckskind!«

Ihre Strenge kommt nicht aus dem Nichts, sie ist hauptsächlich auf ihre traditionelle Erziehung zurückzuführen. Aber auch auf ihre Angst vor Männern, die zum Schlimmsten imstande sind. Ordnung und Disziplin sind die Hefe dieser Zucht. Ma hat das alles von ihrer Mutter gelernt, die es hinwiederum von ihrer eigenen Mutter gelernt hat und so fort. Sie lässt keine Gelegenheit aus, um dafür Werbung zu machen. »*N mansanw ye n lamɔ ka ɲɛ.* Meine Eltern haben mich gut erzogen. Das kann ich nicht vergessen bis zum Tod.« Sie hat ebensoviel Respekt vor ihrem Vater wie vor ihrer Mutter, aber die Pflichten einer Frau sind weitaus schwieriger. »*Musow sɛgɛnnen don!* Wir sind doch immerzu müde!«

Ma betont häufig die große Bedeutung ihrer Aufgabe. Die Erziehung der Kinder ist und bleibt die Angelegenheit der Mutter. »*Muso jigiy'a denw dɔrɔn de ye. N'u tiɲɛna, a bɛ fɔ k'ale de nɔ don.*« Ihre Kinder sind ihr einziger Reichtum, ihre einzige Hoffnung auf ein besseres Leben. Wenn es schief geht, hat sie es nicht richtig gemacht. Sie allein trifft die Schuld. Man kann es auch anders ausdrücken: »*Ni den tiɲɛna, muso le ma kɛ!*« Aber es ändert im Grunde nichts daran.

Momuso hat Ma in ihre Rolle als Ehefrau und vor allem als Mutter eingeführt, sobald die Tochter in der Lage war, diese Dinge zu verstehen. Sie hat ihr die Regeln des richtigen Verhaltens unermüdlich wiederholt, damit Ma sie ohne nachzudenken befolgen konnte. Manchmal wandte Momuso Gewalt an, um sie zur Ordnung zu rufen. Es war unvorstellbar, dass ihre eigene Tochter sich einmal gegen ihr Schicksal als Frau und Mutter auflehnen würde. Irgendwann wird auch sie sich unter den Willen der Männer beugen: *Musow dakan de don.* Es ist das Schicksal aller Frauen. Der Wille Gottes!

Wegen der großen Bedeutung ihrer Mission bleibt für uns beide wenig Spielraum. Ma schreit statt zu sprechen, selbst wenn man gar nichts angestellt hat. Sie fürchtet, unsere Geburt wird ihr möglicherweise gar keinen Nutzen bringen. »*Ala k'an kisi fugariden wolo ma.* Gott bewahre mich vor einer schlechten Brut. Kinder sind dazu auf der Welt, ihren Eltern zu helfen.« Die Erwachsenen beten ohne Unterlass, dass aus ihren Kindern etwas wird. »Keiner betet, dass das Kind zurückbleibt. Es soll an die Spitze kommen, um sich selbst zu achten und uns dafür wieder zu achten.« Ma redet unaufhörlich: »*A y'aw cɛ siri ka kɛ mɔgɔ ye.* Zeigt Haltung! Werdet jemand.« Jedesmal endet ihr Palaver mit Schimpftiraden. Sie kann meine gekrausten Augenbrauen und meinen verzweifelten Blick nicht ertragen: »*N bɛ sen fila fil'i ju rɔ. Hakilintan, ju faralen in ...* Ich werf dir meine beiden Füße in den Hintern. Schwachsinnige, reiß den Arsch auf ...«

»*I ka kan ka n dugawu ɲinin!* Du solls nach meinem Wohlgefallen und meinem Segen streben. Die Gebete der Eltern verlassen das Kind nie. Ich kann dich verfluch'n, dann finds du im Leben keine Ruhe mehr.« Je älter wir werden, umso härter wird der Ton. Sie wiederholt unermüdlich dasselbe:

»Wenns dir nich pass, is mich scheißegal. *N ka baara de y'aw bilasirali ye.* Ich zeig euch den richtigen Weg, das is meine Aufgabe! Wenn ich tot bin, is keiner mehr dafür da.«

I da minɛ

Halt die Klappe!

Meine Mutter ist auf der Hut vor jedem Wort, das mir über die Lippen kommt. »Dieses Kind redet zu viel! Es kennt keine Scham! Schlechte Zeichen für später!« Wenn Ma sich sorgt, wird sie steif und ihr stockt der Atem, als würde sie gleich der Schlag treffen. Sie beklagt sich unentwegt über mein Verhalten: »*Kunko b'an da la tuma bɛɛ.* Immer nur Schwierigkeiten. *N ma foyi faamuya nin den in ka kow la.* Ich versteh wirklich nichts bei diesem Kind.«

»Ein ordentliches Mädchen muss unauffällig, zurückhaltend, still sein. Sie muss wissen, wo ihr Platz ist.« Da beschließt sie, mich »so richtig ranzunehmen«, bevor ich noch schwerer zu bändigen bin. »Is ganz unmöglich«, vor einem trotzigen Kind klein beizugeben, das sie neun Monate in ihrem Bauch getragen und unter furchtbaren Qualen in die Welt gesetzt hat, ein störrisches Kind, das sie gestillt und dem sie unzählige Male den Hintern abgewischt hat. Ma macht es sogar zu ihrer Ehrensache: »Ich bin 100 Prozent Bambara«, wiederholt sie mehrfach, den Finger in den Himmel gereckt, wie um unsichtbare Zuhörer zu Zeugen zu rufen.

Für Ma ist es eindeutig, die Dinge laufen aus dem Ruder. »Ein Mädchen, schlimmer als ein Junge!« So etwas ist Ma noch nie zu Ohren gekommen. Ihr erstes Kind hatte ihr weniger Kopfzerbrechen bereitet. »*I kɔrɔkɛ lajɛ! A ka Foyi tɛ se mɔgɔ ma.* Schau dir deinen Bruder an! Er is ruhig. Warum machs du nich wie er?« Um ihren Sohn hatte sie sich nicht so sorgen müssen: Er hat spät sprechen gelernt und danach nie viel geredet. Wenn sie nur den Charakter ihrer beiden Kinder austauschen könnte: ein gut geschmiertes Mundwerk passt besser zu einem Jungen. Auch wenn man am besten still ist. Ma fürchtet nichts so sehr wie das Gerede: »Die Schwarzen palavern einfach zu gern. Nie is was vergess'n und die Rache is krass und gehässig.« Unter diesen Umständen ist es am besten, still zu sein, um Zank und üble Nachrede zu vermeiden.

Der Klatsch ist das allerschlimmste: Sie tun, als würden sie mit dir fühlen, aber in Wahrheit freuen sie sich über dein Unglück. Sie verbreiten die Neuigkeit, und zwar bis nach Afrika: »Ihr Kind is verwöhnt, *lâ iläha llalah!*« Dabei sind die Frauen noch schlimmer als die Männer. »Ihre Zunge is spitz und legt los, sobald ihnen so ein Gerücht zu Ohren kommt. Sie wern ständig hinter dem Rücken über dich reden: ›Hat gemeint, sie kann ihre Kinder allein aufziehn, das hat sie nun davon!‹« Ma deutet mit ihrem Zeigefinger auf mich und schwenkt ihn erregt von oben nach unten: »*I kana n tɔgɔ di diɲɛ ma.* Ich lass meinen Namen nicht in den Dreck ziehn.«

Als gute Afrikanerin fängt Ma erst mal an zu jammern, wenn es ein Problem gibt: »*E, Ala, n ye mun k'i la?* Gott, was hab ich dir getan, womit hab ich das verdient!« Ihr gutes Verhalten und die Segnungen ihrer Eltern hätten ihr eigentlich Schwierigkeiten ersparen müssen. Dann denkt sie über die geeignete Maßnahme nach, um mein schlechtes Benehmen zu bestrafen. Ma hält dagegen nichts davon, sich über die tatsächlichen oder vermeintlichen Fähigkeiten ihrer Sprösslinge zu freuen oder sie zu bewundern, wie es die Eltern weißer Kinder tun: »*Waso man ɲi! Se bɛ dɔ ye bi, sinin, i bɛ ɲunuma.* Man prahlt nicht mit dem, was Gott uns geschenkt hat. Heute has du. Morgen läufs du auf allen vieren.« Wenn wir allein sind, ruft sie manchmal sogar aus:

»*Balawuden in.* Unglückskind! Du da, von dir kommt mal die Katastrophe!«

Mas Vorwürfe sind nicht zu zählen. Wenn ihr die Argumente ausgehen, greift sie bei ihrer Predigt zu den afrikanischen Tiervergleichen: »Mit deiner pfeifenden Zunge locks du eine Schlange aus dem Loch. Sogar wenn man einen Hund verdrischt, begreift er und gehorcht. Nur eine Kuh kann man lang prügel mit sein Stock, wenn sie sich in den Kopf setzt, nich zu laufen, läuft sie nich ...« Sie endet immer mit einem Stöhnen: »Aah Gott, mein Kind ist störrisch wie ein Esel! *A cɛ ka jugu i ko lɛ.* Und sie is hässlich wie ne Sau.«

Wenn ihr die Luft ausgeht, greift sie zu irgendeinem Gegenstand, um mich zu schlagen. Sie nimmt ihn meist aus der Küche, mit großem Geschick im Zweckentfremden. Er muss vor allem schnell greifbar sein, bevor ich ausreiße. Sie zieht mir eins über, am liebsten auf den Kopf, damit meine Gedanken wieder an den richtigen Platz kommen. Und aus Sparsamkeit nimmt sie statt des Holzlöffels, der einmal zerbrochen ist, die Metallkelle.

Wenn sie ruhiger wird, beginnt sie zu überlegen, warum ich mich ihr ständig widersetze: »Wo hast du das her?« Es kommt ganz bestimmt nicht aus ihrer Familie: »Das hast du nicht von uns gelernt.« Das wiederholt sie immer wieder, schüttelt dazu mechanisch den Kopf und verschlingt mich mit den Augen. »*An, an,* das ist unglaublich!« Sie stützt ihre Hände in die Hüften, erschöpft aber unnachgiebig. Wenn sie sich gefangen hat, beginnt sie ihre Predigt von neuem, ohne sie jedoch abzukürzen. Die ganze Zeit, während Ma mich beschuldigt, nicht so zu sein wie sie, wendet sie ihren Blick nie von mir ab. Als ich heranwachse, halte ich diesem Blick immer länger stand, das bringt sie nun wirklich aus der Fassung: »Nie würd ein normales Kind das wagen. Du spinns, du has den Teufel in dir. So was gab's schon mal in der Familie deines Vaters. *Fa de b'i la wa!?* Du spinns! Das is sicher, du has den Kopf verlor'n.«

Als letztes Mittel redet Ma mir Schuldgefühle ein: »*I b'a fɛ ka n faga de wa?* Wills du mich tot sehn, isses das?« Sie ist überzeugt davon, dass der Kummer über mich sie umbringt. Es wird mir leid tun, wenn ich nur noch ihre Leiche beweinen kann. Sie beherrscht die ganze Klaviatur von Erpressung und Tragödie. Auch wenn sie zu weinen beginnt, schreit sie weiter, jammert und stöhnt sehr laut dabei. Allmählich gewöhne ich mich daran und schalte ab, bevor sie geendet hat, aber meine Gleichgültigkeit macht ihre Sorge noch größer. Sie wendet sich an Gott und an die Geister, damit ihre Tochter, ein Mädchen, ihr nicht so viel Kummer bereitet. »Du setzt ein Kind in die Welt, was ein Malheur! Du hast kein Kind, was ein Malheur! Ah *Ala*!«

Für meine Ungezogenheiten gibt es einen einfachen Grund: ich will alles ganz genau wissen. Aber meine Mutter ist davon überzeugt, dass ein Kind nur das Notwendige lernen sollte: »*Den ɲe kana yɛlɛ* zu sehr, oder aber *a tɛ sɔn i ka kuma ma* nicht mehr. Man muss ihm die Augen nicht zu sehr öffnen, sonst gehorcht es nicht mehr.« Gleich am nächsten Tag aber kann sie drohen, denn sie weiß, wovon sie redet und es ist ihre Aufgabe, mir das zu sagen: »*Ni ma kalan kɛ, i bɛbɔ kɛ.* In der Schule nicht zu lernen, is Kacke. Guck mich an, ich bin immerzu müde.«

Um meine Neugier zu befriedigen, besorge ich mir die Informationen selbst. Mit kaum acht Jahren frage ich die Frau, die meiner Mutter gerade Zöpfe flicht, warum ihr Baby, das neben ihr am Boden liegt, sechs Zehen an jedem Fuß hat. Da sie nichts sagt, wiederhole ich meine Frage mehrmals, wild entschlossen, eine Antwort zu erhalten. Ma versucht mich einzuschüchtern, damit ich still bin. Sie starrt mich mit ihrem wütenden Blick an, räuspert sich mehrere

Male. Vergebens! Doch meine Hartnäckigkeit zahlt sich nicht aus. Die Erwachsenen haben eine Formel, um Fragen abzuwimmeln, die sie nicht beantworten wollen oder können: »*Ala ka baara do!* Das hat Gott so gemacht.«

Der Ungehorsam hat einen Preis. Bei Ma zahlt man ihn mit Schmerzen. Eigentlich müsste ich es wissen, seitdem Massou ihre Wut auf sich gezogen hatte. Zu Besuch beim Onkel im Wohnheim für Afrikaner in Montreuil hatte meine kleine Schwester den unglücklichen Einfall, ihn um Geld anzubetteln, und zwar mehrmals. Ma fielen die Augen geradezu aus dem Kopf, sie machte ein paar Geräusche mit dem Mund, um sie zur Ordnung zu rufen, aber vergebens: irregeführt von der verlockenden Gabe, war die Kleine durch nichts abzubringen.

Bei Massou kam dieses schlechte Betragen nicht aus dem Nichts. So führten wir uns mit Baba auf, wenn er sich weigerte, jedem eine Münze zu geben. Wir verfolgten ihn mit Weinen und Betteln, bis er nachgab. Aber ein Verhalten, das beim eigenen Vater gerade noch hingenommen wurde, konnte bei einem Fremden auf keinen Fall durchgehen. Zu Hause angelangt, wir hatten die Schwelle kaum überschritten, entlud Ma ihren ganzen Zorn auf Massou – wir anderen Kinder standen mit offenem Mund daneben. Unsere Mutter griff zum *busan**, um sie zu züchtigen. Das führte dazu, dass Massou bei unseren Ausgängen zuerst die Zustimmung der Mutter einholte, bevor sie auch nur mit dem Ohr wackelte. »Nicht wie du«, sagte Ma immer, wenn wir auf die Geschichte kamen. »Bei dir geht es zum einen Ohr rein und zum andern raus.« Und stets fügte sie ihre Schimpftirade hinzu: »*Lagalagatɔ boda bilen.* Schwachsinnige, rotes Arschloch.«

Keine Chance, ich würde meiner Strafe auch diesmal nicht entgehen. Dafür gab es viele Anzeichen: Während

* Peitsche aus schmalen Lederstreifen. Anm. d. A.

die Frau die Zöpfe zu Ende flocht, war meiner Mutter kein einziges Wort über die Lippen gekommen. Auf dem Nachhauseweg hatte sie die Zähne fest zusammengebissen. Aber vor allem ihr strenger Blick ließ keinen Zweifel daran, wie der Tag enden würde. Ich würde eine schwere Viertelstunde durchmachen müssen. Hätte ich zu wählen gehabt, ich hätte die Schläge der Folter des Palavers vorgezogen, denn Mas Predigten nehmen kein Ende. Sie ist fähig, die gleiche Geschichte über mehrere Tage aufzuwärmen, damit dieser Fehler nie mehr vorkommt. Sogar wenn sie aufgehört hat, schimpft ihre Stimme in meinem Kopf weiter: »*N b'a fɔ i ɲɛna tuma bɛɛ, f'i ka faamuya waati min na. Dɔgɔya,* Schluss damit! Ich sag's dir bis du's begreifst. Ich kann die Schande nicht ertragen.«

Nachdem die Strafe über mich niedergegangen ist, fordert Ma mich auf, ich soll mich ihr gegenüber hinsetzen. »*I sigi*«. Ich achte darauf, außer Reichweite zu sein, falls sie mit mir noch nicht fertig ist. Ma schaut mich schweigend an. Ihr Mund ist halb geöffnet und ihre Zunge bebt. Sie versucht ein weiteres Mal, mein Benehmen zu verstehen, es gelingt ihr aber nicht. Wie kommt man auf die Idee, der Mutter nicht zu gehorchen, noch dazu vor Zeugen? Das ist die Höhe! In ihrer Jugend hätte sie nicht mal der Gedanke gestreift, so unverschämt zu ihren Eltern zu sein. Das gehört sich einfach nicht! Außer der Schande, die sie empfunden hat, fürchtet sie, dass die Leute an ihrer Kindererziehung zweifeln könnten. Und meine Zunge, die ich so geschickt zu führen weiß, liefert den Schwätzern, diesen Schakalen, den Stoff, um sich an ihrem Unglück zu weiden.

A tereke ka ɲɛ!

Du musst reiben!

Nichts ist so schlimm wie das Wäschewaschen. Zum untadeligen Verhalten gehört die perfekte Haushaltsführung. »Das müssen alle Frauen könn! *Muso baara don.* Das is ihre Arbeit!« Schon mit sieben Jahren weiht mich Ma in die Freuden des Wienerns ein: »*I b'a ko k'a je.* Du putz das aber schön sauber.«

Seit ich zehn bin, verbringe ich den Sonntagmorgen mit dem Wäschewaschen von Hand. Ma hat eine riesige grüne Waschschüssel aus Plastik gekauft und eine metallene aus der Mülltonne gezogen. Sie füllt sie mit heißem Wasser, um mir die Arbeit zu erleichtern, bevor sie das Mir-Waschmittel hineinschüttet. Jedes Kleidungsstück muss kräftig gerieben werden, auch wenn die Werbung verspricht: »*I b'a tereke* ist gut, auch ohne Reiben.« Zum Glück läuft bei dieser Arbeit Musik. Ma steckt eine Kassette der Sängerin Nahawa Doumbia oder der *djeli** Safowa Denou in den Recorder. Sie singt mit oder nickt an einer Stelle, wo die Vorzüge des malischen Volkes gepriesen werden, während wir uns über unsere Schüsseln beugen. Manchmal legt sie ihren schaumigen Zeigefinger auf die Taste und spult zurück, um ein Lied nochmal zu hören. »*I tulon yɛlɛ ka ɲɛ!* Spitz die Ohr'n. Is sehr wichtig.« Sie mag Farafina Danbé besonders:

> Jeder soll sich an das Erbe unserer Vorfahren erinnern, es ist unsere Würde ... Ich komme, euch davon zu erzählen, allen, ob reich ob arm ... Vernachlässigt die Landwirtschaft nicht, sie ist unsere Würde. Vernachlässigt die

* *djeli*: traditioneller Sänger oder Sängerin, Griot. Anm. d. Ü.

Pflanzen nicht, sie sind unsere Würde. Vernachlässigt die Erziehung nicht, sie ist unsere Würde ... Die Franzosen wollen uns alle Tage unsere Erinnerung abkaufen, sie stehlen uns die Würde ...Ich komme, euch allen das zu sagen, ob Greisen oder Kindern ...

Meine Mutter schaut mir zufrieden beim Reiben zu, während sie von der Weitergabe der Tradition spricht: »So bin ich erzogen. *N ye faantan den ye.* Ich bin ein Kind armer Leute. Du bist auch ein Kind armer Leute. Falls dus vergess'n has, ich habs nich vergess'n. *A diyar'i ye o, a ma diya y'i o, i b'a kɛ. I kun biri!* Du machst weiter, obs dir passt oder nicht. Los, Kopf runter!« Sie predigt mit hochgestrecktem, nassem Finger immer weiter. Ich würde am liebsten heulen, wie jedesmal, wenn ich zornig bin, aber nichts dagegen tun kann. Ich zeige Ma nichts davon, denn ich riskiere eine Ohrfeige: »Jetzt weiß du wenigstens, warum du heuls.« Was für eine Idee, wegen der Arbeit zu heulen!

Später, als Jugendliche, versuche ich sie regelmäßig zu überreden, in den Waschsalon zu gehen, um uns die Zeit und Mühe zu ersparen. »Du bezahls die Maschinen ja nich ... Es is mein Geld. Ich mach mit meinem Geld, was ich will.« Mir bleibt nur, mein Unglück mit Geduld zu ertragen. Von meinem ersten Lohn kaufe ich ihr dann endlich eine Waschmaschine. Es ist nichts dagegen einzuwenden, der Fortschritt hat auch sein Gutes! Nur weigert sich Ma hartnäckig, die Maschine in Gang zu setzen.

»Warum schaltest du sie nicht selbst ein, Mama?«

»Ich weiß nich wie das geht.«

»Das ist nicht dein Ernst!? Ich hab es dir schon öfters gezeigt. Es ist nicht schwer.«

»*An an.* Du machs meine Maschine an, das is alles.«

Meine Mutter wäscht auch danach noch manchmal die Wäsche von Hand. Sehr früh am Morgen beginnt sie mit

Tätigkeiten, die für sie eine Verbindung zu ihrem früheren Leben herstellen.

Auch Kochen gehört zu meiner Ausbildung. Ich schaue zu, bis Ma mich eines Tages auffordert, ihr ein *mafé* zu machen. *Mafé*, das ist weißer Reis mit einer Dakatine-Sauce. Dakatine ist der Name der Firma, die die Erdnusspaste vertreibt. Auf der Dose sieht man einen weißen blonden Jungen in einem knallroten Polohemd, er ist gerade dabei, herzhaft in eine Scheibe Brot zu beißen, die reichlich mit der Mixtur bestrichen ist. Die Jahre vergehen, der Junge bekommt kein Fältchen und die Weißen essen immer noch keine Dakatine! Mein erstes *mafé* missrät. Der Reis wird zu Brei. Ich versuche das auszugleichen, indem ich den Topf auf dem Fensterbrett abkühlen lasse, aber da er die Tauben anlockt, hole ich ihn schnell wieder rein. Es war ohnehin nicht sehr wahrscheinlich, dass das Wasser verdampfen würde. Ma zeigt sich nachsichtig. Ich versuche es in den nächsten Tagen weiter, bis mir ein lockerer, körniger Reis gelingt.

Die Frauen sind nicht allein dafür verantwortlich, dass der Haushalt gut läuft. Ma stellt auch eine Liste der Pflichten für Koroke auf. Warum denn nicht? Auch Baba kümmerte sich um seine Kinder, er wusch sie, zog sie an, fütterte sie ... Dennoch finde ich, dass Koroke mit seinen Aufgaben weniger unter Zwang steht als ich. Ich verlange von Ma Rechenschaft darüber. Warum bin ich kein Junge? Anstelle einer Antwort lacht sie aus vollem Halse. Und Koroke auch.

Während wir uns über unsere Schüsseln gebeugt den Rücken abbrechen, geht Koroke zum Wohnheim für Afrikaner, um Hammelfleisch zu kaufen, das uns über die Woche bringt. Dort gibt es einen Schlachter, einen Schmied, einen Gerber, einen Schneider, einen kleinen Lebensmittelladen und ein Restaurant, wo es landestypische Gerichte zu Preisen gibt, die jeder Konkurrenz spotten. Koroke muss vor acht Uhr dort sein, um zwischen den verschiedenen Stapeln zu wählen, die auf am Boden liegenden, aufgeschlitzten Müllsäcken angeboten werden. Sonst kriegt er nur die Reste und muss sich dafür bis zum nächsten Großeinkauf die Vorwürfe von Ma anhören.

Zu Hause beendet er die Arbeit vor dem Fernseher. Nur ein kleiner niedriger Tisch mit einer Plastikdecke steht zwischen ihm und dem Bildschirm. Er wetzt das Messer und beginnt das Fleisch zu zerschneiden. Er teilt es in sieben Portionen, eine für jeden Wochentag, anschließend packt er es in Tiefkühltüten. Hammelfleisch für *mafé*, oder für *thieb*, das rote Reisgericht mit frischen Tomaten und Tomatenmark, es gibt auch *basi*, ein Couscous auf Hirsebasis. Korokes Vormittag endet damit, dass er das Haus bis in den letzten Winkel wischt, das Klo und die Dusche schrubbt. Er muckt nicht dagegen auf, bis ein Erwachsener bei einem flüchtigen Besuch ihm eines Tages sagt, dass ein Mann das nicht macht.

»Du lässt deinen Sohn aufwischen?«

»Warum denn nicht?«

»*Muso baara don!* Das ist Frauenarbeit!« Dann wandte der Mann sich an Koroke:

»Das ist nicht deine Aufgabe!«

Dieser eine Satz genügte Koroke, um seine Pflichten im Haus zu verweigern. Aber Ma verpasst dem Aufruhr sofort einen Dämpfer: »Bei deiner Frau machs du, was du willst! Das is mein Haus!«

Furu ye muɲu

Die Ehe, keine leichte Sache

»*N kunna diyara. Kabini n n'i fa ye ɲɔgɔn ye siɲe fɔlɔ min na, a ka kow Diyra n ye.* Das Glück hat mir gelacht. Dein Vater hat mir gleich auf den ersten Blick gefallen.« Ma gesteht dies mit äußerster Zurückhaltung, wie immer, wenn es um Gefühle geht. »Gutaussehend, groß, jung. Andre Mädchen wurden mit alten Männern verheiratet. Auch 'nen Unbekannten lernst du lieben. *Furu tɛtaa muɲu kɔ. Tilekelenko te.* Eine gute Ehe is nicht leicht. Arbeit nicht nur für einen Tag.«

Ma hält sich immer gerade gereckt wie die Schnur am gespannten Bogen, so hatte sie es von Geburt an gelernt. Der Bogen und der Köcher sind die Hoheitszeichen der *Bamanan,* Mas Vorfahren. Sie besinnt sich gerne auf sie, wenn etwas schief läuft. Sie spricht sich selbst Mut zu, wie einst die Krieger vor dem Angriff: »*N be bamanan den le ti, bamanan 100%.* Ich bin eine echte Bambara, 100%!« Mit ebensoviel Inbrunst wendet sie sich an den Allmächtigen, um glimpflich davonzukommen. »*Ala ka n ɲuman bɔ!* Gott soll mich beschützen!« Sie vergisst nie, die Geister der Verstorbenen anzurufen, um Schutz und Hilfe von ihnen zu erbitten. Aber diese Vorkehrungen können die Schwierigkeiten nicht immer abwenden: »*Ala k'an dɛmɛ!* Gott steh uns bei!«

Die erste Prüfung sollte über den Rest ihres Lebens entscheiden: Es wird beschlossen, sie zu verheiraten, sobald sie ihre erste Regelblutung hat. Dies ist die Voraussetzung für alle weiteren Verhandlungen. Der Vater erkundigt sich zuerst bei seiner Frau, denn ein Mann mischt sich nicht in diese Angelegenheiten ein: »*Ninan, minnan tɛ n bolo k'a d'u ma.* Für dieses Jahr habe ich ihnen nichts zu bieten.« Da weiß er, dass die Zeit noch nicht gekommen ist. Bis zu dem Tag, an dem Momuso nickt: »*Minnan bɛ bolo k'a d'u ma.* Ich kann sie jetzt zufriedenstellen.«

Die Menstruation macht Ma mit kaum vierzehn Jahren zu einer Frau. »Afrika is so. *Aw bɛ tulon kɛ de la Faransi yan. Aw si bɛ ka kɔrɔbya, aw ma furu.* Ihr da, könnt euch hier amüsieren. Worauf wartet ihr? Sind schon weiße Haare auf eurem Kopf.« Die Bewerber sind zahlreich. Das Gerücht, es gebe ein heiratsfähiges Mädchen, genügt, dass junge und weniger junge Männer sich auf die sandige Straße nach Kakoro Mountan machen. Das Dorf der Kakoro liegt an einer Biegung des Flusses Baoulé. Heute gehört es zur Landgemeinde Guemoukouraban in der Region Kayes.

Lange war ich davon überzeugt, dass Ma in Kayes geboren war. Dieser Name tauchte oft in den Gesprächen der Erwachsenen und in Mas offiziellen Papieren auf. Die Stadt Kayes war die alte Hauptstadt Malis, das damals Französisch-Sudan hieß, bevor sie 1899 vom französischen Kolonialherrn nach Bamako verlegt wurde. »*An an. N tɛ Kayika ye. An bɛ Kayi ka mara de kɔnɔ.* Ich bin nicht aus Kayes. Wir unterstehn Kayes.«

Es ist schwierig, Ma über Themen zu befragen, die sie nicht selbst gewählt hat. Wenn ich es nach ihrem Geschmack zu weit treibe, sträubt sie sich: »Du nervst!« Es fiel ihr nicht leicht, in den Erinnerungen zu wühlen. Am Ende gewann immer das Schweigen. Das war auch so, als ich sie nach ihrer Eheschließung mit Baba fragte: »Was hast du denn davon?« Ich musste alleine den wahrscheinlichsten Verlauf der Ereignisse bis zu ihrer Heirat herausfinden.

Das Eheversprechen zwischen Ma und Baba wird für sie geschlossen, sie haben dabei kein einziges Wort mitzureden. Wer außer den Eltern wüsste, was für ihre Kinder das Beste ist? Ma ist fünfzehn Jahre jünger als Baba, sie wohnten im gleichen Dorf, kannten sich aber trotzdem nicht. Männer und Frauen leben getrennt. Außerdem ist Baba schon seit ewigen Zeiten in Frankreich: »*A bɛ taamayɔrɔ la.* Er ist auf Wanderschaft.«*

Die Ausrichtung der Hochzeit ermöglicht es dem Großonkel von Baba, den Neffen nach Hause zurückzubeordern. Baba ist lange nicht in das Elternhaus zurückgekehrt, man muss ihn mit allen Mitteln davon abhalten, den Reizen einer *tubabu muso* (weißen Frau) zu erliegen, denn dann könnte er vergessen, wozu er nach Frankreich aufgebrochen ist: »*An bɛ baara k'an somɔgɔw de ye.* Man arbeitet für die Seinen.«

Die Kunst des Griot, des *djeli,* ist unerlässlich, um die Verhandlungen über die Heirat zu einem guten Ende zu führen. Der Griot gehört einer eigenen Kaste an, er ist in allen Belangen der Vermittler und notwendige Zeuge zwischen den Adelsfamilien. Der mit der Familie von Baba verbundene Griot wandert zwischen den Häusern hin und her, bis sie einig sind. Dann unterrichtet er zuerst Mas Vater vom Beschluss des Clans. Dieser benachrichtigt umgehend die Männer seines Clans. Es ist ihm ausdrücklich verboten, über die Ehe seiner eigenen Tochter zu entscheiden. Der Beschluss fällt gemeinschaftlich, unter dem Vorsitz des Dorfoberen: der *dugutigi* ist ein Greis, der die Tradition, die Ordnung und die Disziplin garantiert. »*Dugu kunko tɛ se ka ɲenabɔ dugutigi kɔ.* Nichts wird entschieden, ohne sich an ihn als Autorität zu wenden.«

Die Verbindungen zwischen den beiden Clans erhalten die bereits bestehenden unauflöslichen Bündnisse aufrecht. Sie sorgen auch dafür, dass die Tradition seit alters her unverändert bleibt. Ma erzählt mir, dass früher das Schick-

* Ausdruck für jemand, der sein Land verlassen hat, um seine und die Lebensbedingungen seiner Angehörigen zu verbessern. Anm. d. A.

sal einer Frau oft schon vor ihrer Geburt besiegelt war. Es genügte, dass ein Mann einer Schwangeren ein Armband aus rotem Garn umlegte, damit war ihm die Hand des Kindes versprochen, wenn es einmal auf der Welt wäre.

Die Besuche bei Mas Familie beginnen mit der Übergabe von Kolanüssen als Zeichen der Hochachtung. Man schenkt sie auch, um einen Vertrag zu bestätigen oder ein freudiges Ereignis wie Geburt, Taufe, Verlobung oder Hochzeit anzukündigen. Die Sache ist abgeschlossen, wenn der Brautpreis, etwa eine Kuh und ein geringer Geldbetrag, an meinen Großvater entrichtet ist. Nach den Angaben in ihren Hochzeitsunterlagen bringt Ma ihrem Clan 20 000 Francs CFA ein, das entsprach damals 400 Französischen Francs.*

Ein Teil des Brautpreises dient dazu, die Aussteuer zusammenzustellen. Es sind vor allem Haushaltsgegenstände wie Töpfe, Tassen, Eimer ... Momuso hilft freigebig, die Aussteuer zu vergrößern, sie gibt Schmuck, Kleidung, Wäsche dazu. Sie hat lange und geduldig für diesen Tag gespart. Denn sie wusste, er würde unweigerlich kommen, falls Gott ihrem Kind das Leben gewährte. Die Frauen des Clans tragen ebenfalls einiges bei. Irgendwann würden auch sie die Unterstützung der anderen brauchen.

Die Verlobung wird in Abwesenheit von Baba gefeiert, da er noch in Frankreich aufgehalten wird. Er hatte Mitte der 1960er Jahre den Weg ins Exil gewählt. Daher sieht Ma sein Gesicht am Tag der Hochzeit zum ersten Mal, die im Jahr ihres 15. Geburtstags** stattfindet.

Am Vorabend der Zeremonie, die sie zur Ehefrau und Herrin über das Schicksal eines eigenen Hauses machen wird, bestreicht eine *Djabi Dalla* Mas Hände und Füße mit dem traditionellen Henna, damit das Glück sie in diese neue

* Vor der Abwertung des Franc am 11. Januar 1994. Anm. d. A.

** Die Heirat war normalerweise vor diesem Alter verboten. Anm. d. A.

Lebensphase begleiten möge. Als der große Tag gekommen ist, schmücken die Frauen des Clans gemeinsam die Braut: »*A be taaar'a cɛla la!* Sie geht fort, um ihren Ehestand zu errichten.« Eine Schwester oder Cousine der Braut, die von den Gleichaltrigen als untadelige Ehefrau anerkannt ist, übernimmt die Regie. Die Eltern der Eheleute müssen sich heraushalten.

Hochzeiten werden meist am Sonntag gefeiert, die ihre findet, der Heiratsurkunde zufolge, an einem Dienstag, dem 23. Juli 1974, statt. Zuerst wird das Paar nach dem muslimischen Ritus von einem Imam getraut, dann folgt die Hochzeit gemäß dem Brauchtum oder der Tradition. Die Frauen beginnen mit einem Ritual der Reinigung. Sie waschen der Braut den Kopf, das Gesicht, die Füße und Hände mit Wasser aus einer neuen Kalebasse. Sie kleiden sie, wie es Brauch ist, in ein weißes Gewand aus Baumwolle. Die Braut lässt es fast unbeteiligt mit sich geschehen. Das Fest ist schon in vollem Gange. Die Griots besingen das Brautpaar und preisen ihre Eltern über mehrere Generationen. Männer wie Frauen tanzen im Rhythmus der Trommeln, springen mit Schwung nieder und recken sich gerade. Zu dem festlichen Anlass gibt es auch ein besonderes Essen: ein *basi* mit reichlich Hammelfleisch, um alle Bäuche zu füllen.

In der Abenddämmerung, nachdem das letzte Gebet gesprochen ist, kommt Mas Schwiegerfamilie, um sie abzuholen. Nach der Tradition stellen sich ihre Geschwister, Cousinen und Cousins zwischen die Braut und die Verwandten des Bräutigams, um sie am Ergreifen der jungen Frau zu hindern. Die Schwiegerfamilie muss ein wenig Geld zahlen, um sie mitzunehmen. Das Ritual soll der Situation etwas von ihrem Ernst nehmen, vor allem aber die Verbindungen zwischen den beiden Clans stärken. Ma wird anschließend von ihren Angehörigen und Freunden zum Klang der Trommeln und mit Gesang zu ihrem neuen Zuhause begleitet. Die Mädchen singen auf diesem Weg von der Trauer, eine Freundin zu verlieren, aber auch von ihrem Glück, dass sie nun eine Ehefrau wird. Ihr Weggang findet ohne Momuso statt, um das schlechte Omen abzuwenden. Ma gehört von nun an zur Familie ihres Mannes.

Erst kurz vor ihrem Tod habe ich erfahren, dass Ma drei Ehemänner hatte. Vor meinem Vater war sie schon einmal verheiratet gewesen. Ihre erste Ehe hatte nur ein paar Monate gedauert, dann starb der Mann. Nach der Tradition hätte sie den Bruder des Verstorbenen heiraten müssen, aber Ma weigerte sich. Ihre Eltern unterstützten sie dabei, obwohl sie Vergeltung fürchten mussten. Dann kam Baba. Ihm verdankt Ma, dass sie Mutter wurde. Sie wird ihm immer etwas dafür schuldig bleiben: »Wenn ihr nicht gewesen wärt, wär ich schon lange tot«, sagte sie, ohne uns anzusehen. Sie schämte sich wohl sehr für so viel Offenheit.

Wari gɛlɛya

Zu wenig Geld

Nach der Hochzeit waren Babas Taschen leer. Besser gleich nach Frankreich gehen, bevor auch noch das Geld für die Reise fehlt. Seine junge Frau lässt er notgedrungen zurück. Er muss zuerst seine Gläubiger auszahlen, er hatte sich Geld geliehen, weil seine Eltern gedrängt hatten: »Wir müssen uns an das halten, was zwischen den Familien vereinbart wurde. Die Hochzeit muss stattfinden, alles andere wäre eine zu große Schande.«

Während seines ganzen Aufenthalts in der afrikanischen Heimat hatte mein Vater eine Täuschung aufrechterhalten. In Frankreich zu leben und arm zu sein, das war unvorstellbar! Er hatte sich die Ausstattung für den Erfolg nach westlichem Muster zusammengeliehen: einen Anzug, blanke Schuhe, ein braunes Lederköfferchen. Aus diesem Köfferchen zog er die Geldscheine, mit denen er die *djeli* fürstlich belohnte. Dafür sangen die Griots sein Loblied und das seiner Eltern über mehrere Generationen. Mein Vater nährte damit weiter die Illusion, dass Frankreich ein gastfreundliches Land sei, wo man mit Arbeit gutes Geld verdient. »*Wari bɛ faransikaw kun. U b'u diya kojugu.* Wer in Frankreich ist, hat Geld. Die haben dort ein schönes Leben.« Egal, wenn die Wirklichkeit ganz anders aussieht.

Die auf Wanderschaft gehen, können nicht scheitern. »*Taama tɛ se ka kɛ fu ten. F'ika dɔ di.* Es ist undenkbar, so weit zu reisen und nichts dafür zu bekommen.« Was hätte man davon, zwei starke Arme für das Dorf zu verlieren, wenn es nicht einen noch größeren Gewinn verspräche? Baba muss den Unterhalt und die Pflege für die übernehmen, die zu Hause geblieben sind. Aber der Erfolg ist erst wirklich erreicht, wenn man ein eigenes Haus besitzt. »*Kabin'a ye simanso jɔ, a kɛra mɔgɔ ye sisan.* Er hat ein Haus aus Zement gebaut. Jetzt hat er ausgesorgt, er ist jemand.«

Das Abenteuer ist jedoch gefährlich, der Erfolg ungewiss. Das ist inzwischen sogar im Busch bekannt. »Anscheinend ist das Leben in Frankreich schwierig geworden. Es gibt kein Geld mehr und die Leute wollen keine Ausländer mehr aufnehmen. Alles das ist vorbei!« Aber die Mutigsten lassen sich nicht abschrecken. »Was sollen wir hier anfangen?« Die Männer wandern weiterhin aus und die Eltern halten sie nicht zurück. Für den Traum vom materiellen Besitz lohnt es sich, ein Kind zu opfern. Sie beten, dass ihres es besser haben wird als die anderen. »*An se t'a la. Faantanya de b'a to an bɛ b'an faso la. N'o tɛ, jɔn b'i faso bila n'i ka b'i denbaya kɔrɔ n'i se b'a la? Ala mana kisi min na, o de bɛ kɛ!* Uns bleibt keine Wahl. Die Armut treibt uns fort. Wer verlässt schon gerne seine Familie und sein Land? Das Schicksal eines jeden ist in Gottes Hand.«

Auch die Frauen wandern inzwischen aus. Nicht mehr nur, um ihrem Mann zu folgen wie Ma, sondern auch aus wirtschaftlichen Gründen. Und weil sie ebenso dazu fähig sind wie die Männer, nehmen sie ihr Schicksal in die eigene Hand. Was ist das auch für ein Leben, vom guten Willen eines Mannes abzuhängen, oder die ganze Zeit auf seine Rückkehr von einer endlosen Reise zu warten? Längerfristig kommen die Familien auch hier auf ihre Kosten: »*Musow bɛ hinɛ ka tɛmɛ cɛw kann.* Die Frauen können besser haushalten, sie haben einen Sinn für Familie und Verantwortung.«

Die Nachrichten aus Frankreich bleiben nicht lange aus. Mit der Post empfängt Ma ein Ticket, nur für den Hinflug, um zu ihrem Mann zu reisen. Sie muss sich ein zweites Mal dazu durchringen, ihre Mutter zu verlassen, sie hatte sie mit der Erlaubnis der Schwiegerfamilie weiterhin besucht. Jeden Abend nach der Arbeit war sie den ganzen Weg bis zu ihr gerannt, um bloß keine Zeit zu verlieren. Das würde jetzt anders werden. Die Fremde ist weit und unbekannt, die Rückkehr ungewiss. »*A b'Ala bolo.* Es liegt in Gottes Hand.«

Mutter und Tochter verbringen die letzte Nacht gemeinsam. Sie schlafen wenig, Momuso hat viel zu sagen. Sie gibt Ma letzte Empfehlungen auf den Weg, einschließlich der üblichen Segenssprüche:

»*N den, n ka dugaw b'i kɔ.* Kind, meine Gebete mögen dich begleiten.

Amiina. Amen.

Dass Gott über dich wachen möge.

Amiina. Amen

Dass er dich ohne Zwischenfall hingeleiten möge.

Amiina. Amen

Dass er dir in der Ehe Freude bereiten möge.

Amiina. Amen

Dass er dir ebenso gute Kinder schenken möge, wie du mir warst.

Amiina. Amen

Dass Gott dir alles geben möge, was du im Leben suchst.

Amiina. Amen

Dass er gute Menschen auf deinen Weg schicken möge.

Amiina. Amen«

Beim Morgengrauen sprechen die anderen Mitglieder des Clans und der Vater ebenfalls ihre Gebete. Mutter und Tochter nehmen weinend Abschied. Werden sie sich eines Tages wiedersehen? »*N'Ala sɔnn'a a ma!* So Gott will!«

Mas Weggang betrübt auch meine Großmutter väterlicherseits, Makamousso Dansira oder Massou. In ihren Briefen bittet sie Baba, dass Ma bei ihr bleibt. Ihrem Sohn ist klar, von den drei Kindern ist er der einzige Sohn und seine Schwestern haben den Clan verlassen, um den ihrer

Ehemänner zu vergrößern. Nur Ma ist noch geblieben, um meiner Großmutter im Alltag zu helfen: Wasser am Brunnen holen, die Wäsche waschen, kochen ... Es ist ihr unerträglich, die Töchter und Schwiegertöchter der anderen Frauen rufen zu müssen, damit sie ihr etwas von der vielen Arbeit abnehmen. Baba liest die Briefe seiner Mutter wieder und wieder. Er weiß, dass er seiner Mutter sein Leben verdankt. Er wird diese Schuld niemals ausgleichen können. Aber auch nicht, indem er ihr seine Frau überlässt. Er weigert sich! Baba schickt ihr eine Absage: Er möchte seine Frau bei sich haben. Er will eine Familie gründen, nachdem sein Vater Haly Cissoko noch vor seiner Geburt gestorben war.

Faransi

Frankreich

Im Jahr 1975 erlebt Ma viele Dinge zum ersten Mal: »Da muss man durch, das is alles!« Zuerst verlässt sie ihr Dorf, um nach Bamako zu fahren. Dort bleibt sie mehrere Monate, bis die Papiere für ihr Visum beisammen sind. Zu diesem Zweck hat man sie drei Jahre älter gemacht, statt fünfzehn ist sie angeblich achtzehn. Zu jener Zeit meldeten Eltern, die arme Bauern und Analphabeten waren, ihre Kinder nicht bei Standesämtern an, es gab sie nicht oder sie waren noch in den Anfängen. Man glaubt Ma aufs Wort. »*N si bɛ san tan seegin na.* Ich bin achtzehn.«

Dann zum Flughafen. Ma fliegt an einem Freitagmorgen im Dezember mit Air France nach Paris. Sie trägt nur einen einfachen Boubou aus gewachster Baumwolle, dazu Plastik-Flipflops an ihren mit Henna geschwärzten bloßen Füßen. »*Nɛnɛ bɛ Faransi kojugu.* Das Wetter in Frankreich ist grässlich.«

Als sie aus dem Flieger steigt, steht Baba da, um sie abzuholen. Ein Taxi bringt sie in ihr Zuhause: ein Zimmer von knapp fünfzehn Quadratmetern mit einer Hocktoilette auf dem Treppenabsatz davor. Dafür muss Baba jeden Monat 670 Francs Miete zahlen, er übergibt das Geld persönlich oder schickt es per Baranweisung an einen gewissen Monsieur Narboni. Zum ersten Mal in ihrem Leben erfährt Ma, was Eingeschlossensein, Langeweile, Einsamkeit bedeuten. Ihr Mann, ein großer Pferdenarr, versucht ihr Abwechslung zu bieten, er nimmt sie sonntags mit auf die Rennbahn nach Auteuil oder Longchamp. Sie begleitet ihn auch am Sonntag zu den Versammlungen in dem Wohnheim von Montreuil, wo sie die Freunde aus Mountan treffen. Aber was soll sie mit den Männern reden? Es ist ihr unangenehm, so eng mit ihnen zu verkehren. Es hilft nichts, das Leben in Frankreich gefällt ihr nicht. »*Diya tɛ Faransi.* Es gibt keine Freude in dem Leben hier.«

Das Wohnheim in Montreuil ist eine Unterkunft für Arbeiter aus Afrika, die in den 1950er Jahren eröffnet wurde: »*An nana baara dɔrɔn de la yan!* Wir sind hier, um zu arbeiten!« Die meisten neuen Zuwanderer kommen hier erst einmal unter. Auch Baba hatte nach seiner Ankunft hier gewohnt. Das Heim ist überfüllt. Macht nichts, man verweigert einem der Seinen nicht den Platz. »*A beɲɛnabɔ!* Wir kriegen das hin.« Der Küchenboden muss genügen. Abends werden einfach die Matratzen ausgerollt.

»Der Schlaf reicht nicht, man kriegt nie genug. *Mɔgɔ tɛfa sunɔgɔ la fuwaye la!*« Das Wohnheim hat eigene Regeln, man kann nicht einfach wohnen, wo man will. Die Leute aus der gleichen Gegend bilden Gruppen und diese werden auf die verschiedenen Stockwerke verteilt. Die Leute aus Mountan belegen den fünften Stock. Es gelten die Regeln und Hierarchien aus der Heimat, so gelingt es am besten, die Ordnung aufrechtzuerhalten. Als seine junge Frau ankommt, zieht Baba aus. Unvorstellbar, dass hier eine Frau leben soll. Die Küchenhilfen leiden unter einem schlechten Ruf. Ma gehört nicht zu dieser Sorte. »*Musofurulen don. A tɛ manamanako la!* Sie ist eine verheiratete, eine ehrbare Frau!«

Die Jahre vergehen. Durch den Familiennachzug steigt die Zahl der Frauen, die den Männern aus Mountan »gehören«. Das Anrecht auf ein Familienleben ist in der französischen Verfassung, genau wie im europäischen Recht, verbrieft, auch wenn es manchen nicht passt, die dieses Prinzip bekämpfen. Ma ist die älteste, sie hat als erste aus dem Dorf französischen Boden betreten. Inzwischen gibt es sehr viele Frauen. Ma steht an ihrer Spitze. Auch die Gemeinschaft der

Frauen hat ihre Hierarchie: »*Ale de ka kɔrɔ n'an bɛɛ ye. An kɔrɔmuso don.* Sie ist die älteste. Unsere große Schwester.«

Ihre Stellung ist mit Pflichten verbunden. Sie muss den anderen Vorbild sein. Die Männer wenden sich an sie, wenn es etwas in der Gruppe zu regeln gibt. Ma dirigiert auch die Vorbereitungen, wenn festliche Ereignisse anstehen. Sie verbreitet die Nachricht unter den übrigen Gruppenmitgliedern und ruft sie zusammen. Sie ordnet an und koordiniert: Wer macht was? Wie? Wann? Mit wieviel Geld? »*An bɛ soli ka wuli ka tobili daminɛ dimansi sɔgɔma.* Wir stehen am Sonntag sehr früh auf und machen uns ans Kochen.« Die Tradition muss erhalten bleiben. Wenn man sie respektiert, wird man nicht vergessen, woher man kommt.

Denmisenya

Die Kindheit

Mas Einsamkeit vergeht mit der Ankunft der Kinder. Das erste wird 1977 geboren. Ein Junge, zum Glück. Das hatte man von ihr erwartet! Ich komme auf den Tag genau im nächsten Jahr zur Welt, ein Mädchen. Nicht schlimm, das Älteste ist ein Junge. Meine Schwester Massou folgt 1981. Zwei Mädchen auf einen Stammhalter: schon schwieriger. Ein weiterer Bruder, Moussa, erblickt dann 1983 das Licht der Welt. Das Gleichgewicht ist wiederhergestellt. *Hamdulillah!*

Endlich lebt Ma sich ein. Sie kocht in ihrer winzigen Küche auf einem Kocher mit zwei Flammen, gespeist von einer Butagaz-Flasche. Sie holt die Schüssel unter dem Waschbecken herauf, um die Wäsche oder ihre Kinder darin zu waschen. Die Wäsche hängt sie anschließend auf mehrere Leinen, die den Raum der Länge nach unterteilen. Die Mahlzeiten werden auf dem Boden dieses einzigen Zimmers der Wohnung eingenommen. Alle sitzen um die große Schale mit dem Essen, nehmen davon mit der Hand und führen sie zum Mund. Wir setzen uns auch auf den Boden zwischen die Beine von Ma, wenn sie erhöht, auf dem Bettrand, uns den Kopf nach Läusen absucht: »*I sigi!* Setz dich hin!« Sie bearbeitet rücksichtslos die Kopfhaut und hält manchmal eine Laus zwischen ihren Fingern hoch: »Guck dir das an! *Aw bɛ ka n tɔɔrɔ!* Ihr Nervensägen!«

Dass das Zimmer so klein ist, stellt für uns kein Problem dar. Wir erweitern die Wohnung nach draußen, dort finden wir die fehlenden Quadratmeter, sogar mehr als wir brauchen. Wir leben unter freiem Himmel vom Morgen bis in die Abenddämmerung. Wir Geschwister rennen als

Horde umher, bald verstärken die Kinder der Nachbarn aus unserem siebenstöckigen Wohnblock und den umliegenden Häusern unsere Truppe. Die Kleinen versuchen nach Möglichkeit, hinter den Großen herzurennen. Wer nicht mithält, hat Pech gehabt, er bleibt auf der Strecke. Wir haben keine Zeit zu verlieren, so viele Orte sind zu erkunden, mit einem Stock in der Hand, wie die Abenteurer.

Die sechs Stockwerke zu erklimmen überlässt Ma uns selbst. Geht nicht anders, mit vier Blagen. Eines auf ihrem Rücken ist schon genug, die übrigen müssen schauen, wie sie hinaufkommen. Zumal sie auch noch die Einkäufe schleppen muss, beide Arme beladen und den Zehnerpack Milch auf dem Kopf balancierend. Wir lernen dieses erste Hindernis zuerst auf allen vieren zu meistern, später rutschen wir auf dem Treppengeländer hinunter. Ich kenne keine Gefahr, ich kürze oft den Weg über die Dächer ab. Auf die Bäume zu klettern ist eine leichte Übung.

Keine Spielsachen, aber wir haben den Wertstoffmüll. Verlorene oder von anderen weggeworfene Dinge, Metallteile, Autoreifen ... Alles ist geeignet, unser Spiel zu verbessern. Ich finde eine winzige Puppentruhe aus gelbem Plastik. Darin bewahre ich Insekten auf, die ich in den Bäumen aufgelesen habe. Ma herrscht mich an, so etwas nie wieder nach Hause zu bringen, wenn sie mir den Kopf nicht abreißen soll. »*N b'i kan tigɛ. Ɲamɔgɔden in. Ka na ni fɛnɲɛnamaw n ka so kɔnɔ? Nin den in tɛ maloya mɔgɔ ma.* Ich hau dir den Kopf ab. Dreckskind. Tiere in meinem Haus? Dieses Kind hat Respekt vor nichts.«

Wir wohnen in der Rue de Tlemcen Nummer 22, beim Friedhof Père Lachaise. Ich entdecke den Friedhof gleichzeitig mit der Grundschule, die in der Nummer 9 unserer Straße ist. Bei Feueralarm ist der Square Samuel-de-Champlain unser Sammelplatz. Die Rue de Tlemcen ist schmal und kann nicht alle Schüler aufnehmen. Wir gehen in Reihen hinunter, zwei und zwei, Hand in Hand, mucksmäuschenstill. Der Square ist eingezwängt zwischen der Avenue Gambetta und der Stadt der Toten. Beim Warten können wir uns die Dächer der Familiengräber anschauen, sie ragen über die Mauer, um sich ins Gedächtnis der Lebenden zu rufen.

Anfang der 1980er Jahre gibt es in diesem Viertel noch unendlich viel Platz zum Spielen. Nichts entgeht unserem Forscherdrang. Wir haben eine Vorliebe für Baugrundstücke, wo die Arbeiten noch nicht begonnen haben. Sie sind von Wellblechzäunen umgeben, die leicht zu überwinden sind. Auch Grünflächen fehlen nicht: ganz in der Nähe ist der Jardin des Amandiers. Etwas weiter der Park von Belleville, um hinzugelangen, muss man unter großer Gefahr die Rue de Ménilmontant überqueren, zur Rue des Couronnes, wo sich einer der Eingänge zum Park befindet. Der Square Sorbier ist noch näher. Oder aber der Square Edouard Vaillant, gleich neben der Place de Gambetta. Fast überall gibt es einen Hydranten, um unseren Durst zu löschen und zu verschnaufen ... Am späten Nachmittag warten wir lärmend vor dem Ausgang der Metrostation Ménilmontant auf dem gleichnamigen Boulevard. Wir versprechen uns etwas davon, wir warten auf Baba und wollen ihn um vier Francs erleichtern, einen für jeden. Dann rennen wir los, um uns beim alten Araber Bonbons zu kaufen. So fließt unser Leben dahin, leicht und spielerisch.

Manchmal passieren Unfälle. Wir spielen mit schmiedeeisernen Rinnsteindeckeln, sie sind rechteckig und verlaufen am Rand des Trottoirs. Man braucht den Deckel nur anzuheben, die Handfläche auf die Öffnung zu legen, wo das Wasser herauskommt, und es entsteht eine hohe Fontäne. Wir bespritzen uns damit, springen mit beiden Beinen in die Pfützen und lachen laut dabei. Eines Tages lasse ich meinem kleinen Bruder den Deckel auf die Hand fallen. Es tut sehr weh, er blutet, er schreit. Ma steckt den Kopf zum Fenster heraus. Sie brüllt lauter als sonst: »*N jigintɔ don. N bɛ kan tigɛ!* Ich komm runter. Ich hau dir den Kopf ab!« Ich nehme Reißaus, um ihrem Zorn zu entkommen.

Den ganzen Tag irre ich mit leerem Bauch umher, habe den Hunger aber vergessen. Nach Einbruch der Nacht machen sich die besorgten Erwachsenen auf die Suche nach mir. Sie durchkämmen das ganze Viertel. Rufen meinen Namen. Ich beobachte es von Ferne. Am Ende gehe ich nach Hause, des Versteckspiels müde, das schon viel zu lange gedauert hat. Ich schlüpfe in die Toilette auf dem Treppenabsatz vor unserer Wohnung. Dort findet mich Ma. »Was machst du denn hier? Alle suchen dich. Die Polizei auch.« An diesem Tag ist meine Mutter nur froh darüber, dass sie mich wohlbehalten wieder hat, sie denkt nicht daran, die Stimme zu erheben und erst recht nicht, mich zu verprügeln.

Auf der Straße geht die Gefahr auch von Erwachsenen aus, die Böses im Schilde führen, und uns unerfahrenen, scheinbar sich selbst überlassenen Kindern auflauern. Ohne richtig zu wissen warum, wahrscheinlich um es den anderen nachzutun, verfolge ich einen von ihnen mit dem Ruf: »Samuel, mit dem dicken Pimmel ...« Der Mann bleibt stehen und baut sich vor unserer Gruppe auf, droht mit Strafe, aber es nützt ihm nichts, die Kinderhorde bleibt ihm auf den Fersen. Wir verfolgen ihn, bis er hastig in der Eingangshalle seines Wohnhauses mit weißgekachelter Fassade verschwindet, es gehört zu einer neuen Wohnanlage, die unterhalb unserer Fenster gerade entsteht. Kaum ist er weg, gehen wir zu anderen Spielen über. So ist das Leben!

N tɛ tubabu ti!

Ich bin doch keine Weiße!

Nachdem Ma in Frankreich angekommen ist, ermuntert sie Baba, sich wie eine Weiße zu kleiden. Man muss sich integrieren! Eine Zeitlang trägt sie statt des Pagne, des langen afrikanischen Kleids aus gewachstem Stoff, Rollkragenpullis und ausgestellte Hosen mit hohem Bund. Aber bald zieht sie wieder ihre Boubous an. Warum soll sie sich verkleiden? »*N tɛ tubabu ti.* Ich bin doch keine Weiße!«

Ihre Sammlung gewachster Pagnes wächst im Laufe der Jahre und der Moden. »Die holländische ist beste Qualität!« Mas Stoffe füllen einen ganzen Schrank und zwei riesige Überseekoffer. Als wollte sie demnächst zu einer langen Reise in ferne Länder aufbrechen. »*An totɔ Faransi.* Wir bleiben nicht in Frankreich.« Je unabhängiger sie finanziell wird, desto öfter kauft sie ein. Fortan macht Ma mit ihrem Geld, was sie will. Niemand hat ihr was vorzuschreiben: »*N wɔsiji don!* Ich plack mich dafür ab!«

Ma trägt immer das gleiche: viel zu weit geschnittene Boubous. Dabei besitzt sie wunderbare, von afrikanischen Schneiderinnen sorgfältig zugeschnittene und genähte Ensembles. Sie bestehen aus einem langen Rock mit passender Tunika. Ma bewahrt sie für mein Hochzeitsfest auf. Aber da sich keines abzeichnet, spricht sie nicht davon, um sich die Stimmung nicht zu verderben. »*Dusukasi man ɲi.* Kummer ist ungesund.«

Wenn sie ihre Koffer öffnet, vollzieht sie immer das gleiche Ritual. Ma will, dass ich es mir gut einpräge. Sie bestreut ihre Stoffe mit Weihrauchsamen und verbrennt gleichzeitig einige davon in einem kleinen Tontopf auf ein paar Stückchen Kohle. Mit diesen einfachen Tätigkeiten will Ma zeigen, dass sie sich um sich selbst und das Haus zu kümmern weiß, das sind zwei wichtige Fähigkeiten, um einen Ehemann zu erobern und zu halten. Abgesehen davon ist der Weihrauch viel besser, als was die Weißen benutzen, um ihre Körpergerüche zu verdecken: »*Tubabuw nɔgɔlen don kojugu.* Die Weißen sind zu schmutzig«. Aber was der eine will, stört den anderen. Der herbe Duft des Harzes haftet so stark an der Kleidung, dass Leute, die es verwendet haben, unschwer an diesem Geruch zu verfolgen sind. Die Frauen benutzen ihn auch, um ihre Ehemänner zu kennzeichnen. Jede mixt aus verschiedenen Geruchsstoffen ihren eigenen Duft zusammen und hält die Rezeptur dafür streng geheim. Ma weiß nicht, dass mich die anderen Kinder deswegen auslachen:

»Du riechst nach afrikanischem Dorf!«

»Tchiiippp!«

»*Nɔgɔ man di n ye!* Ich mag keinen Schmutz!« Alles muss sauber und ordentlich sein, angefangen bei ihren Kindern. Die Hygiene nimmt sowohl in ihrer als auch in unserer Erziehung viel Platz ein. Ma trauert der Zeit nach, als sie uns selbst gewaschen hat. Für makellose Sauberkeit ist nichts besser als ein Waschlappen aus Rosshaar und ein Stück Marseiller Seife. »Ich reibe bis du glänzt.« Sie ist sogar überzeugt davon, dass meine Haut dunkler wird, weil sie sie nicht mehr selbst pflegt: »*I wolobɛ ka fin ka taa a fɛ!* Du wirst immer schwärzer!«

Wenn wir aus der Dusche kommen, nimmt sie häufig eine genaue Untersuchung vor. Es fehlt nicht viel, und Ma würde an mir schnuppern, um sich davon zu überzeugen, dass ich nach nichts anderem rieche als nach Sauberkeit, bevor sie zu einer eingehenden Befragung übergeht: »*I y'i fari tereke ni fu ye kosɛbɛ wa? I kamakɔrɔ la n'i sen furancɛ dun?* Hast du ordentlich gerieben? Unter den Achseln. Zwischen den Schenkeln. Bist du ganz sicher? Das hat aber nicht lange gedauert.« Dass ich inzwischen erwachsen bin, hat an ihrem Verhalten nichts geändert. »Na und? Das ist meine Aufgabe! *I kana mɔgɔw tɔɔro n'i kasa.* Du darfst die anderen nicht mit deinem Geruch belästigen! Die Mädchen von hier sind schön. Wenn du eine auf der Straße siehst, willst du sie mit deinem Sohn verheiraten. Aber sie wissen nicht mal, wie man sich pflegt. Und noch weniger, wie man ein Haus sauber hält. Sie waschen sich mit Parfüm und Schminke.«

Ein anderes großes Streitthema zwischen Ma und mir ist mein Gebrauch von Klopapier. Einmal ist keinmal, davon will Ma mich überzeugen: »*Tubabuw nɔgɔlen don!* Du füllst das *tasale* mit Wasser, dann wischst du ab. Nur dann bist du sauber! *Kuma banna!* Schluss mit dem Palaver!«

Da ich nicht gehorchen will, droht mir Ma: »Ich kauf keines mehr, besorg es dir selbst!« Kommt nicht in Frage, dass sie eine schlechte Angewohnheit unterstützt. Denn wenn ein Kind verwöhnt ist, hat die Mutter versagt. Ich kaufe mir mein Klopapier vom eigenen Geld. Ma brüllt los, als sie eine Rolle auf dem Spülkasten entdeckt. »*I nɔgɔlen don. Kana fil'i yɛrɛ ma!* Du bist schmutzig. Vergiss nicht was du bist, eine Frau.« Sie versucht sie verschwinden zu lassen. Da benutze ich Papiertaschentücher oder die Küchenrolle. Der Streit wird so giftig, dass ich ihr schließlich alles über meine Intimpflege eröffne: »Du nimmst das Wasser, danach trocknest du mit dem Papier ab.«

»Ah so! Hättest du das nicht früher sagen können? Dreckschwein!«

Auch bei der Winterkälte gibt Ma ihren Pagne nicht auf. »*Nɛnɛ bɛ Faransi kojugu!* Das Klima hier ist grässlich. Manche sind deswegen zurückgegangen.« Aber Ma passt sich an, indem sie eine Jeans oder eine Trainingshose aus dicker

Baumwolle unter ihren Rock anzieht, dazu einen langärmeligen Pulli unter ihr Oberteil und Joggingschuhe an die Füße. Ihr egal, ob sie von Nike sind, für sie ist nur der Preis wichtig.

»Wieviel kostet das?«

»Zwanzig Euro.«

Die Angabe eines Preises, der weit unter dem wirklichen liegt, schützt mich nicht vor einer Predigt über die Notwendigkeit zu sparen: »*Wari mara, duniya gɛlɛyara, mɔgɔ si tɛ sinin dɔn... Ala k'i sara!* Heb dein Geld auf. Das Leben ist schwierig und keiner weiß, wie es morgen aussieht. Aber danke. Gott vergelte es dir!«

Ich dagegen liebe Nikes! Die Schränke quellen über von meinen Turnschuhen. Massenhaft orange Schachteln mit dem berühmten Swoosh, sorgfältig aufeinandergestapelt. Mein lange und geduldig seit meiner frühen Jugend angesammelter Schatz, der mit meinen ersten Jobs kräftig anwuchs. Meine Schuhe lagern neben den Besen, den Reissäcken, den riesigen Stahlkochtöpfen ... Ich versuche sie heimlich ins Haus zu schaffen, ohne Erfolg, denn die Eingangstür führt ins Wohnzimmer, wo meine Mutter die meiste Zeit verbringt.

»Was ist das schon wieder?«

»Nichts, ein Geschenk.«

»Du da, die Leute mögen dich aber sehr. Immer Geschenke. *I kana n minɛ naloma ye! Boda bilen.* Hältst mich wohl für bescheuert! Rotes Arschloch!«

Was soll's? Es ist nicht leicht, Ma an der Nase herumzuführen, dazu ist sie geistig zu wach. Auch als ich älter bin, predigt sie weiter, schließlich muss sie zeigen, dass sie nicht einverstanden ist: »Kannst du keine Schuhe für Mädchen kaufen? *Kana fil'i yɛrɛ ma.* Du darf nich vergess was du bist.«

Als ich noch auf der Schule war, unterschlug ich einmal das Geld für die Kantine, um mir Adidas Superstar *made in France* zu kaufen. Aber mein Diebstahl fliegt auf, als ich Ma ein zweites Mal bitte, die Schulrechnung zu bezahlen.

»Ich hab doch schon bezahlt!«

»Aber das ist für diesen Monat!«

»Ich sag dir, ich hab schon bezahlt. Ich arbeite nicht für die Weißen. Ich prüfe das selbst.«

Ich stehe neben ihr, als der Schulverwalter ihr bestätigt, dass die Rechnung noch nicht beglichen ist. Ma schaut mich lange wortlos an, dann verlässt sie das Büro, die Schule, ohne ein Wort, ohne einen Schrei, ohne eine Träne.

Das war nicht mein erster Zusammenstoß wegen Turnschuhen. Einige Zeit davor hatte Ma mir 250 Francs gegeben, um ein Paar zu ersetzen, an dem schon mein großer Zeh durchguckte. Koroke ging mit mir zum Flohmarkt in Montreuil, wo es viele Stände mit Gebrauchtwaren gibt, aber die Summe reichte nicht, um den Schuh zu kaufen, den ich mir wünschte. Koroke weigerte sich strikt, mir den Rest zu geben: »Schau selbst, wie du es zusammenkriegst!« Auch der Händler lehnte den Preisvorschlag ab, der meinem Budget besser entsprach: »Ich muss schließlich davon leben!« Als wir unverrichteter Dinge nach Hause gingen, trafen wir Hütchenspieler. Mir nichts dir nichts war ich beim Wetten und um zwei Hunderter erleichtert. Das Lachen meines Bruders kam zu meinem Pech dazu.

Zusätzlich zur Bestrafung ließ Ma mich mehrere Monate mit dem alten Paar Turnschuhen herumlaufen, wo inzwischen die Sohle herunterklaffte. Die Bestrafung endete erst, als sie fürchtete, die bösen Zungen könnten sich einmischen.

Aber die Unterschlagung des Geldes für die Kantine, das war ein anderes Kaliber! Ermattung und Mutlosigkeit waren diesmal stärker als ihr Hang zum einseitigen Palaver. Aber vor allem überging Ma diese Geschichte mit Schweigen, weil nach ihrer Ansicht Worte nichts helfen, wo die Schande und die Enttäuschung zu groß sind. Sie verlor zu mir nie mehr ein Wort darüber. Von diesem Tag an schwor ich, mir so etwas nie mehr zuschulden kommen zu lassen. Sobald ich mein eigenes Geld verdiente, hat es Ma nie an Schuhen gefehlt.

Schlecht gekleidet zu sein, ist für Ma kein Problem. Sie macht sich mehr Sorgen um ihre Gesundheit, die anfällig ist: »*Foyi tɛ kɛnɛya bɔ.*« Genauso pfeift sie drauf, wenn manche Schwarze über sie sagen: »Sie ist nicht zivilisiert. Sie trägt Boubous, dabei sind wir hier in Frankreich!« Ma verliert nie aus den Augen, dass sie zum Arbeiten hier ist, nicht um Schau zu laufen. »*Patɔrɔnfini b'i la nka foyi t'i jufa kɔnɔ. O bɛ munɲɛ?* Du hast Kleider wie der Chef, aber nichts in der Tasche. Was soll das?« Ein Bamanan-Spruch drückt das gleiche aus: »Selbst der Hahn mit den weißesten Federn geht zum Schlafen dahin, wo er scheißt.« Vor allem aber, Ma ist keine Weiße: »So hat man es mir in Mali beigebracht.« Auch wenn die Tradition sogar dort verlorengeht, Ma wird sich nicht ändern: »Is mich scheißegal!«

Bɛɛ n'i haminanko

Jeder hat eigene Sorgen

Zwischen ihrer zweiten und dritten Schwangerschaft putzt Ma Büros, bevor die Masse der Arbeiter erwacht. Sie bricht in aller Frühe auf und lässt uns schlafend allein. Bevor sie verschwindet, stellt sie zwei Fläschchen gut sichtbar auf den Boden. Die ersten paar Mal begleitet Baba sie, um ihr den Weg zu zeigen. Später fährt sie allein und zählt die elf Metrostationen zwischen Ménilmontant und der Place de Clichy an den Fingern ab. Nach ihrer Rückkehr beeilt sie sich, das Nachtgeschirr in dem Gemeinschaftsklo auszuleeren. Sie hält sich die Nase zu, hört aber nicht auf mit ihren Klagen: »*Bo kasa! I bɛ baara kɛ tubabuw ye, i bɛ kɛ bon fana na. A tɛ ban.* Es stinkt! Du machst's bei den Weißen! Danach machst du's bei dir! Die Arbeit hört nie auf!«

Ma überkommt mehr als einmal die Lust, Lesen und Schreiben zu lernen. Immer mit dem gleichen Ergebnis: Ma meldet sich zum Alphabetisierungskurs an, dann gibt sie auf. »*N Hakili man di.* Ich hab kein Gedächtnis.« Sie macht auch ihr Alter verantwortlich: »*N si Kɔrɔbayara sisan. N ɲew man di.* Ich bin jetzt alt. Meine Augen sehen es nicht mehr.« Aber sie lernt, sich alleine durchzuschlagen, um niemandem zur Last zu fallen. »Wenn ich alleine kann, belästige ich euch nicht. *Niamoro den.* Nichtsnutze.« Ma lernt viele Wege auswendig. Wenn sie eine Strecke nicht kennt, holt sie ein Stück Papier heraus, auf dem die Adresse steht. Das klappt nicht immer! »*Bi, n sɛgɛnna kojugu, n taara fo Ameriki.* Ich bin zu kaputt. Heute war ich bis Amerika.«

Baba bekommt ihren gesamten Lohn. »*N bɛ wari jate a ɲe na, n b'a bil'a bolo to.* Ich zähle ihm das Geld hin und gebe es ihm in die Hand.« Trotz Mas Beitrag zum Hausstand ist das Geld knapp. Es reicht nie! Baba schafft es nicht, seine Arbeit zu behalten, außerdem setzt er auf Pferde. Er liebt das Wetten über das vernünftige Maß hinaus. Mein Vater verbringt einen großen Teil seiner Zeit mit dem Studium von *Paris Turf*. Er hat die Zeitung häufig dabei, zusammengerollt und unter den Arm geklemmt, wenn wir ihn auf der Straße treffen. Sie liegt ausgebreitet auf dem Ehebett, wenn er zu Hause ist. Er studiert sie methodisch, einen Stift in der Hand. Man vergisst fast, dass er weder lesen noch schreiben kann. Mit gerunzelter Stirn analysiert er die Quoten der Rennpferde, das Renommee der Jockeys, den Ruf der Trainer, den Parcours, die Besonderheiten des Geländes, die Gewinnvorhersagen etc. Nichts überlässt er dem Zufall. Dennoch zeigt das viele Gekritzel am Rand der Seite manchmal, dass ihm die Entscheidung schwerfällt. In seltenen Fällen, wenn kein Rennpferd ihn überzeugt, fordert er uns auf, den Zeigefinger auf die Nummern der Gewinner zu legen: »*Aw bolo bila nimɔrɔ do kàn.* Man muss eine Wahl treffen!«

Ma findet Abhilfe für das fehlende Geld. Sie wäscht häufiger, um unter diesem Vorwand Babas Taschen leeren zu können. Er schimpft jedesmal, wenn seine Sachen nicht daliegen. Er legt Wert auf sein Äußeres und mag es nicht, wenn er sich beim Aufstehen irgendwas zusammensuchen muss. Das Geld, das Ma auf diese Weise in die Hand fällt, hilft die schlimmsten Löcher zu stopfen. »Depuis *aw wolola, aw ma dɛsɛ balo la.* Euch hat seit eurer Geburt an nichts gefehlt«, sagt sie immer.

Babas andere Leidenschaft ist der Fußball. An den Abenden, wenn gespielt wird, sind wir sicher, ihn zu Hause anzutreffen. Nachdem er sich den Bauch gefüllt hat, setzt er sich an den Rand des Betts vor den winzigen Bildschirm des Fernsehers, er gestikuliert, klatscht in die Hände und trampelt mit den Füßen. »*U bɛ se balɔntan na kojugu.* Die können kicken!« Eines Abends fällt Baba während der Übertragung hintüber vor lauter Begeisterung. Als er sich aufrichtet, stößt er mir mit dem Bein in den Rücken. Ich schreie vor Schmerz. Ma fängt an zu brüllen: »*A ye den faga. A y'a faga!* Er bringt meine Tochter um! Er bringt sie um!« Baba macht sich Vorwürfe, zumal ich den Namen seiner Mutter trage – oder vielmehr den Namen der ersten Frau seines Vaters. Und man erhebt nicht die Hand gegen seine Mutter.

Bis vor kurzem dachte ich, ein Streit zwischen Baba und seiner leiblichen Mutter hätte ihn veranlasst, mir den Namen einer Anderen zu geben. Das war völlig falsch! Solche Irrtümer entstehen, wenn man die eigene Geschichte aus Gesprächsfetzen zusammenreimen will, die man eigentlich nicht hören sollte.

Die Wahl meines Vornamens geschah einzig und allein aus Respekt vor der Tradition. Sie ist keineswegs auf irgendeinen Streit zwischen Baba und seiner Mutter zurückzuführen. Ganz im Gegenteil, die Mutter liebte ihren einzigen Sohn. Sie sollte ihn nicht lange überleben. Kein Jahr, nachdem sie von seinem Tod erfahren hatte, starb sie selbst vor Kummer darüber: »*A sata dusukasi bolo!*«

Bei meiner Geburt wurden die Ältesten von Babas Clan befragt, auch die im Dorf Kakoro Mountan. Man muss also dem Neugeborenen den Namen der Mutter geben, nach der noch keines benannt wurde? Aus diesen Erkundigungen sollte mein Name hervorgehen. So belohnen die Männer die Frau, der sie das Leben verdanken. Ma hat kein Wörtchen mitzureden. Jedenfalls nicht, bevor sie ihr drittes Kind geboren hat. Erst dann steht ihr die Wahl des Vornamens zu. Sie darf ihn unter denen ihrer männlichen oder weiblichen Vorfahren wählen, je nachdem, ob es ein Junge oder ein Mädchen ist. Ma hat offenbar darauf verzichtet, denn meine Schwester trug den Namen von Babas leiblicher Mutter.

Die Erwachsenen des Kakoro-Clans entscheiden sich bei mir also für Aya. Ich heiße Ma Aya. Ich bin fortan ihrer aller Mutter. Das Wörtchen »Ma«, das Mutter bedeutet, soll mich vor Zorn und Strafe schützen. Man erhebt nicht die Hand gegen die Mutter. Ma ist das egal! Ich bin ihre Tochter, sie ist meine Mutter. Dass das mal klar ist. »*N'i man ka kuma lamɛn, n b'i bugɔ.* Wenn du nicht gehorchst, verdresche ich dich, aber richtig.«

Aufgrund seiner Liebe zu diesem Sport meldet Baba Koroke zum Fußball an. Er möchte, dass ihn die Stollen aufs höchste Niveau tragen und er dank seines Talents reich wird. Mein Bruder nimmt jeden Mittwochnachmittag seinen Matchsack, nur um ihn kurz darauf bei der Nachbarin im ersten Stock abzustellen. Bis zu dem Tag, als Baba ihn zur Zeit des Fußballtrainings auf der Straße antrifft. Der Trainer bestätigt, dass er Koroke noch nie bei seiner Mannschaft gesehen hat. Baba schmerzt das in gleicher Weise wie damals, als er aus Geldmangel nicht auf die sicheren Gewinnkästchen im Lotto setzen konnte. Er ließ sich auf den einzigen Stuhl in der Wohnung fallen und stützte den Kopf in die Hände. »*Danga de bɛ n kɔ wa?* Bin ich verflucht?«

Babas Unfähigkeit, uns zu bestrafen, bringt Ma zur Weißglut. Für sie führt dieses Phlegma zu nichts Gutem. »*Den bɛ tulon k'i la!* Das Kind wird dich auslachen!« Baba redet statt zu handeln. Ma lässt ihn aber gewähren, auch wenn es sie juckt, sich einzumischen. Für uns ist es besser, dass Ma sich zurückhält. Sie hätte längst geprügelt, ohne jede Vorwarnung. »*N b'i falibugɔ walasa kana b'i kɔnɔ.* Ich strafe dich wie einen Esel, damit du's nicht vergisst. *A laban, i b'a k'i yɛrɛ de la.* Wenn du hörst, umso besser. Wenn nicht, ist das dein Problem. Am Ende bezahlst du.« Man kann es auch anders ausdrücken: »*N'i y'i jan ka sugunɛ, a bɛ laban i yɛrɛ de kan.* Wenn du dich hinlegst und über deinen Kopf pinkelst, trifft es am Ende dich.« Im Grunde bleibt es gleich.

Tasuma

Das Feuer

Heute ist ein Tag wie jeder andere. Seit dem frühen Morgen ist Ma in der kleinen Wohnung beschäftigt. Sie wäscht und sie kocht, um die Bäuche zu füllen. Wenn wir aus der Schule kommen, werfen wir die Schultasche dort auf den Boden, wo es in dem einzigen Zimmer noch Platz gibt, bevor wir die sechs Stockwerke wieder hinuntertoben. Als die Sonne untergeht, schreit Ma wie jeden Tag aus dem Fenster, dass wir unser Spiel abbrechen und auf der Stelle nach Hause kommen sollen: »*A ye yɛlɛn sisan yani n ka sen fil'aw ju rɔ.* Los, kommt sofort rauf, bevor ich euch meinen Fuß in den Hintern werfe.«

Baba ist schon da. Die Arbeit auf dem Bau ist anstrengend. Er muss die kaputten Knochen ausruhen, um am nächsten Morgen wieder fit zu sein. Als wir hereinkommen, ist er beim Gebet. Seit dem 2. Mai 1986 hat Baba endlich eine feste Stelle als Hilfsarbeiter bei der Baufirma Léon Grosse gefunden.* Nach dem Ende seiner Beschäftigung in der Renault-Fabrik von Billancourt, mit der Personalnummer 149621, war es für Baba schwierig, Arbeit zu finden. Dort hatte man ihn wegen Aufmüpfigkeit entlassen. Der Vorarbeiter hatte genug von ihm: »An willigen Arbeitnehmern ist kein Mangel, machen Sie, dass Sie wegkommen!«

Bis Baba seine Gebete beendet hat, klettern wir auf das Ehebett, voll Freude über die unverhoffte Zeit zum Spielen. Wir springen und lassen uns aufeinander fallen. Danach essen wir alle aus einer großen Schüssel, die auf einer krumm geschnittenen Wachstuchdecke am Boden steht.

* So steht es in seinem Arbeitsbuch Nr 00809. Anm. d. A.

Nach ein paar Streitereien nimmt jeder seinen Platz in den Betten ein. Ich schlafe mit Baba, Mama und Moussa. Für Koroke wird das Feldbett aufgeschlagen. Massou schläft in dem Gitterbett direkt neben uns. »*Ka su hɛrɛ!* Gute Nacht!«

Aber Schreie in unserem Mietshaus reißen uns aus dem Schlaf. Alle sind wach. Nur Baba steht auf. Er streift seine Djellaba über, zieht die Babuschen an die Füße, geht, um nachzuschauen, was los ist. Vielleicht ein Ehestreit, ein Schweinehund, der seine Frau verprügelt. Man muss seinem Nächsten zu Hilfe eilen. Er wird vom Feuer überrascht. »*Lâ ilâha illâ, tasuma.* Großer Gott, Feuer!«

Flammen lodern im Flur, sie greifen nach uns. In dem dicken schwarzen Rauch können wir nichts sehen. Ma erfasst die Lage, sie befiehlt, wir sollen uns alle ins Feldbett legen, das an der Wand gegenüber der Tür steht. Massou entwischt ihr, sie will Baba folgen. Er ist nicht weit gekommen, er ist im Türrahmen zusammengebrochen. Meine kleine Schwester steigt über ihn und verschwindet im Hausflur. Ma bildet mit ihrem Körper ein Schutzschild für uns. Um etwas zu sehen, schiebe ich ihre Hand weg, die einen Teil meines Gesichts verdeckt. Ich kämpfe gegen den Schlaf. Ich will nichts verpassen. Ich klammere mich mit aller Kraft an diesen Augenblick. Ich habe eigentlich keine Angst. Ich weiß noch nichts vom Tod, aber ich spüre, dass nichts mehr sein wird wie zuvor. Ich muss den entscheidenden Moment miterleben.

Insgesamt sieben Tote, davon vier Kinder. Nach dem Totenschein stirbt Massou um 4 Uhr 15 im Feuer, und Sagui Cissoko, Baba, geboren etwa 1942 in Mountan, erliegt am 30. November um 4 Uhr 20 im Hôpital Saint Antoine seinen Verletzungen. Er stirbt unter dem Namen eines Anderen, seines Halbbruders Karounga Cissoko, geboren etwa 1937, ein weiterer Sohn seines Vaters. Damals war es üblich, dass man die Ausweispapiere untereinander auslieh. Einmal bist du an der Reihe, ein anderes Mal ich. Und so fort ...

Zehn Verletzte, einundfünfzig Personen mussten evakuiert werden. Es war Brandstiftung, daran gab es keinen Zweifel. Jemand hatte flüssigen Brennstoff auf den Boden gegossen, angefangen beim obersten Stockwerk bis nach unten. Dazu Lumpen und Autoreifen ... dann wurde alles angezündet. Die polizeiliche Untersuchung verfolgte eine Zeitlang eine kleine Gruppe Rechtsextremer. Die Fährte wurde wegen mangelnder Beweise aufgegeben. Es kam nicht zum Prozess, denn es gab keinen, den man auf die Anklagebank setzen konnte. »Nichts gesehen, niemand erwischt.« »*Ala ka baara do.* Es ist das Werk Gottes.«

Allmählich erinnere ich mich wieder genau an die Ereignisse: Wir werden über die große Feuerwehrleiter evakuiert und dann in ein Feuerwehrauto gebracht, während Baba auf einer Bahre liegend im Krankenwagen weggefahren wird. Ich rufe seinen Namen. Damals liebte ich meinen Vater mehr als meine Mutter. In dem Rettungsfahrzeug sagen mir die Helfer, ich soll nicht einschlafen. »Los, halt die Augen auf ...« Sie tätscheln mir die Hand, die Wangen. Ich strenge mich an, aber es ist vergebens, ich halte nicht durch.

Die Feuerwehrleute bringen uns Kinder ins Hôpital Trousseau. Ich komme wieder zu mir, als die Krankenschwestern sich um mich kümmern.

»Sie ist aufgewacht!«

»Wo ist mein Papa?« (Meine erste Frage)

»Sorg dich nicht! Schau, dein Bruder ist auch hier.«

Ich drehe den Kopf, mein Bruder Koroke liegt in einem anderen Bett. Ich an der Fensterseite, er an der Tür. Seine Anwesenheit beruhigt mich. Ich bin nicht allein. Moussa ist in einem Zimmer nebenan. Zwischen uns ist nur eine Wand aus Glas. Bald werden wir in ein Zimmer zusammengelegt. Wir sind wohlauf, aber man behält uns noch im Krankenhaus, bis man für uns eine Unterkunft gefunden hat. Zu dritt raten wir, wo der Rest der Familie sein könnte. Wir stehen am Fenster, die anderen sind sicher im gegenüberliegenden, oder vielleicht sogar in diesem Gebäude? Wir werden gut behandelt, nur das Waschen bereitet mir Schwierigkeiten. Das Badezimmer ist genauso strahlend weiß wie das Hospital. Als sie mich in eine randvolle Badewanne tauchen, schreie ich vor Angst. Ich wehre mich, schlage um mich. Ich bin es nicht gewohnt, in so viel Wasser zu baden, um sauber zu werden. Die Pflegerinnen versuchen es in den nächsten Tagen nicht weiter.

Während dieser Zeit kämpft Ma einen anderen Kampf. Sie muss sich von ihren Verletzungen erholen, aber auch durchsetzen, dass sie zum Begräbnis von Baba und Massou gehen darf. Die Pflegekräfte und die Familie haben sich offenbar abgesprochen, sie sei zu schwach, um bei der Beerdigung durchzuhalten. Aber Ma besteht darauf, droht sogar, die Behandlung abzubrechen, falls man nicht zulässt, dass sie sich von ihrem Mann und ihrer Tochter verabschiedet. Man darf ihr nicht noch diesen zusätzlichen Schmerz bereiten. »*Dusukasi bɛ mɔgɔ faga.* Menschen können vor Kummer sterben.« Ein Krankenwagen bringt sie zum Friedhof von Thiais. Sie trauert an den Gräbern, dann kehrt sie wieder in das Hôpital Tenon zurück. Wir Kinder haben von alledem keine Ahnung.

Es wird beschlossen, dass die Höhe uns guttun wird. Mit dem Zug fahren wir in den Schnee, um unsere Lungen vom Schmutz zu befreien. Wir sind in einem Chalet untergebracht, Ma, Moussa, Koroke und ich. Unsere Mutter versichert uns, dass Baba und Massou bald nachkommen werden. Wir tollen den ganzen Tag umher. Unsere Geschicklichkeit auf Skiern ist weniger überzeugend. Das macht nichts, wir haben Spaß daran. Aber an einem Tag wärmt Ma Milch auf einem winzigen Gaskocher. Er steht auf einem Tisch, fällt um, die Flammen lodern. Ich nehme meine Beine unter den Arm und renne, so schnell ich kann. Schreie um Hilfe. Als ich zurückkomme, ist das Feuer gelöscht. Ich schäme mich für meine Feigheit!

Sotigi

Der Patriarch

Während der Zeit in den Bergen findet sich eine vorübergehende Bleibe für uns. Nach unserer Rückkehr nimmt uns Babas bester Freund bei sich auf. Viele Jahre später finde ich im Köfferchen meines Vaters, auf dem unverwüstlich das vierblättrige Kleeblatt der PMU-Wettbüros prangt, in all der Unordnung ein paar abgegriffene, vergilbte Fotos, auf denen die beiden frisch in Frankreich angekommenen Männer nebeneinander posieren. Sie sind jung, gut gekleidet, scheinbar ohne Sorgen, auf manchen Fotos auch in Begleitung von *tubabu musow*.

Wenige Leute aus Mountan haben so viel erreicht wie Babas bester Freund. Er bewohnt eine Vierzimmerwohnung in Asnières-Gennevilliers zusammen mit seiner Frau und ihren sechs Kindern. Der neu errichtete HLM-Sozialbau besitzt einen Aufzug und einen Parkplatz, wo sein Renault 41 Nevada steht. Die Wohnung mit Balkon hat viel Licht und Platz, WC, Badezimmer und sogar eine Waschmaschine! Beim Kauf von Bonux streiten wir uns jedesmal um das Spielzeug in der Waschmittelpackung. Ma, Moussa und ich schlafen zusammen in einem schmalen Bett im Zimmer der beiden Töchter. Koroke hat eines der drei Stockbetten im Zimmer der Jungen. Der Platzmangel stört mich nicht, wir sind es gewohnt, eng aneinandergedrängt zu schlafen. Auch wenn Mas Umarmung jetzt noch fester ist als sonst.

Babas Freund bittet uns, ihn »Papa« zu nennen. Ich gebe ihm den Spitznamen »der Patriarch«. Er ist gebildet. »*Mɔgɔ kalannen don!* Ein Studierter!« Er hat seine Schulbildung wohl in Afrika begonnen und in Frankreich fortgesetzt. Vielleicht hat seine erste Frau, eine *tubabu muso*, ihn zum Studium ermuntert? Oder hat ihm ein Arbeitgeber seine Ausbildung ermöglicht? Ich weiß nicht, woher seine Bildung kommt, denn der Patriarch redet nicht. Er schüchtert uns mit seiner Schweigsamkeit ein. Da er das Französische und die sozialen Codes so perfekt beherrscht, ist er bei den Leuten aus Mountan eine Respektsperson. Wenn sie über ihn sprechen, sagen sie: »*A ni tubabuw bɛ baara kɛ ɲɔgɔn fɛ!* Er arbeitet mit den Weißen zusammen.« Und nicht, wie bei allen anderen: »*A bɛbaara ke tubabuw bolo!* Er arbeitet in den Händen der Weißen!«

Der Patriarch ist das Ergebnis dessen, was die *Tubabu* eine gelungene Assimilation nennen. Er hat ihre Lebensweise übernommen. Alles in seinem Zuhause ist ordentlich wie bei den Weißen: man schläft in eigenen Zimmern, man isst in der Küche auf Stühlen und an einem Tisch sitzend, man schaut fern im Wohnzimmer, man zieht die Schuhe aus, wenn man hereinkommt ... Wir brauchen unser Verhalten nur bei den anderen Kindern abzuschauen, dann bekommen wir keine Schwierigkeiten. Der Patriarch sitzt in einem riesigen Polstersessel aus karamelfarbenem Leder mit breiten Armlehnen. Nur er darf da sitzen. Dieser Sessel steht nicht zufällig an einer Stelle, wo er vom Kommen und Gehen der übrigen Bewohner alles mitkriegt. Er hat das abschließbare Telefon und die Fernbedienung in Reichweite, in seinem Blickfeld liegen die Eingangstür ebenso wie der Fernsehschirm. Ihr Pech, wenn die anderen sich den Hals verrenken müssen, um die laufenden Bilder zu sehen.

Keiner macht einen Mucks, wenn wir auf dem Sofa fernsehen, das zum Polstersessel passt, der Patriarch lässt keine Unruhe aufkommen. Ein »eh!« von ihm genügt, um Gezappel oder zu viele Dezibel im Keim zu ersticken. Bei den Abendsendungen mit Claude François im Ersten Programm lässt er allerdings die Zügel schleifen. Vom Sofa gleite ich, ohne es zu merken, auf den Boden. Ich wiege mich im Rhythmus von *Alexandrie, Alexendra*. Ich warte ungeduldig auf *Le téléphone pleure*, das weinende Telefon, und singe laut, mit Fistelstimme, so hoch wie Cloclo und das kleine Mädchen, das ihn bei diesem Schlager begleitet.

Jeden Sonntagmorgen nimmt der Patriarch uns zum Joggen mit. Wir quetschen uns in seinen Kombi, um nach Chanteraines zu fahren. Dann rennen wir los, mehrere Runden um den Park! Am Ende der Trainingseinheit stretchen wir gemeinsam. Der Patriarch feiert auch unsere Geburtstage! Es fehlt an nichts! Kuchen, Kerzen, Limo von Banga und Oasis, Überraschungseier, Krema-Bonbons ... Und ein Geschenk. Die Fotos, die den Moment verewigen sollen, werden immer so inszeniert: Das Geburtstagskind sitzt vor einer Schwarzwälder oder Erdbeertorte und wir stehen darum herum, in zwei Reihen, damit alle auf dem Bild sind. Dann singen wir aus vollem Halse das passende Lied, auf Französisch ... Der Patriarch feiert auch gebührend das Weihnachtsfest, es wird ein Weihnachtsbaum gekauft und geschmückt, dazu ein dem Anlass entsprechendes Essen zubereitet. Er überprüft außerdem, dass wir die Hausaufgaben ordentlich erledigen und unsere Schulzeugnisse, selbst wenn sein Engagement nicht immer von guten Noten gekrönt ist.

Ich besuche seit Januar weiter die Grundschule, die Ecole Elémentaire Descartes von Gennevilliers, falls ich mich richtig erinnere, in der CE-1, also der zweiten Klasse. Ich habe keinerlei Anpassungsprobleme an meine Mitschüler oder an die neue Umgebung. Ich fasse alles schnell auf, ohne mich im geringsten anstrengen zu müssen. Nachdem ich früher zurückhaltend und still war, melde ich mich plötzlich häufig bei den Fragen der Lehrerin, ich schnippe sogar mit den Fingern, damit sie mich sieht. Aber mich stört dennoch eine andere Schülerin, denn sie ist die Klassenbeste, ich nur die zweite. Im Sportunterricht ist es das gleiche. Ich stelle fest, dass ich nicht gerne verliere.

Ich spiele immer noch am liebsten im Freien. Von meiner früheren Beweglichkeit habe ich nichts eingebüßt und spüre noch keine Angst. Es gibt eine Lieblingsübung: unten vor unserem Wohnblock stehen etwa zwanzig Holzpfähle im Abstand von einem halben Meter. Ihre Höhe steigt in einer Kurve bis auf zwei Meter an, um dann wieder abzufallen. Die Pfosten sind so schmal, dass man nur mit Mühe mit beiden Füßen darauf stehen kann. Ich springe vom einen zum anderen und halte mit ausgebreiteten Armen das Gleichgewicht. Eines Tages falle ich runter! Schlage mir das Kinn auf. Es tut weh, aber ich weine nicht. Ich bemühe mich, die Blutung zu stillen. Um mich herum stehen Büsche, ich reiße ein paar Blätter ab und drücke sie auf die Wunde. In dieser Geste sehe ich gern ein Zeichen dafür, dass ich die Erbin meiner Vorfahren, der Jäger, Sammler und Heiler der Bambara, bin ...

Die Zeit könnte ruhig dahinfließen, wenn es in dieser Geschichte nicht eine böse Stiefmutter gäbe. Es ist die Frau des Patriarchen, die wie Ma aus dem Dorf Kakoro Mountan in Mali stammt. Auch wenn beide die gleiche Erziehung genossen haben, gleichen sie sich in nichts. Diese Frau vergällt mir mein ohnehin schwieriges Leben, aber ihre Stieftochter muss noch mehr leiden. Sie ist ein wunderschönes Mischlingsmädchen, zwei Jahre älter als ich, aus einer Liebesbeziehung ihres Vaters mit einer *tubabu muso*. Wie im Märchen zwingt uns die Stiefmutter, die Böden zu schrubben, die Teppiche zu bürsten, das Geschirr zu spülen, einzukaufen ... während ihre eigenen Kinder eine gute Zeit haben. Bei uns rutscht ihr auch schneller die Hand aus. Wir beide unterstützen uns gegenseitig. Und wenn ich mich beklage, weist Ma mich an, still zu sein und zu tun, was man von mir verlangt: »Das ist nicht unser Haus!«

Ma bemüht sich nicht einmal mehr zu antworten, wenn ich sie frage, wo Baba und Massou sind: »*I da!* Halt's Maul!« Da ich nicht locker lasse, ruft uns der Patriarch einmal am späten Nachmittag zusammen. Ich setze mich zwischen die Beine meiner Mutter, während meine beiden Brüder auf dem Sofa neben ihr sitzen. Der Patriarch teilt uns mit, dass Baba und Massou tot sind. Ich verstehe, dass es schlimm ist, weil Ma weint. Sie wischt sich die Tränen mit einem Stück Stoff ab, das sie sonst um ihren Kopf schlingt. Am einfachsten ist, es ihr nachzutun: ich weine! Gleich darauf gehe ich zurück und spiele mit den anderen, als ob nichts wäre. Zum ersten Mal frage ich nicht nach. Ich will es nicht wissen!

Maakɔrɔbaw

Der Ältestenrat

Während wir uns mit unserem Unglück herumschlagen, diskutieren die Männer aus Babas Clan unseren Fall in ihrer Versammlung und hinter den Kulissen. Sogar in Frankreich liegt die politische und ökonomische Macht der Gemeinschaft in den Händen der Ältesten. Sie befehlen Ma, nach Mali zurückzukehren. Nachdem ihr Mann tot ist, hat sie in diesem Land nichts mehr zu suchen. Ma lehnt ab. In Mali ist das Leben schwierig ... aber noch schwieriger für eine Witwe, die schon drei Kinder hat. Wer wird dort für sie aufkommen? Welche Zukunft erwartet ihre Kinder? Abgesehen davon ist sie seit ihrer dritten Schwangerschaft krank, Unterfunktion der Niere.

»*N man kɛnɛ.* Ich bin nicht gesund. Welches Krankenhaus wird mich im Busch behandeln?«

»Wenn das so ist, schlag dich alleine durch!«

Die Frauen müssen gehorchen, alles andere bringt Unordnung.

Sie sagen ihr voraus, dass sie sich am Ende prostituieren wird, um ihren Unterhalt zu verdienen. Sie sind Männer und trotzdem fällt es ihnen schwer, über die Runden zu kommen. Eine alleinstehende Frau schafft es nur, wenn sie sich verkauft. »Es bleibt ihr keine andere Wahl, wenn sie ihre Kinder ernähren will. *An bɛɛ k'an sigi k'a filɛ!* Wir brauchen nur zu sitzen und zuzuschauen.«

Aber Mas standhafte Weigerung, sich zu unterwerfen, bleibt ihnen im Hals stecken. »Was hat sie nur gestochen! Warum windet sie sich, sie muss gehorchen!« Wie kann eine einfache Frau ihre Autorität in Frage stellen, außer sie hat den Verstand verloren? »Soll sie sich doch alleine durchschlagen. Wir brauchen nur zuzuschauen. Wir sind alle in Frankreich. Ihr Scheitern wird die anderen Frauen davon abhalten, auch nur mit dem Ohr zu wackeln. Am Ende wird die Schande sie umbringen. Wir schauen zu. Man wird von ihr hören. Wer schafft es schon allein in Frankreich? *An bɛɛ k'an sigi k'a filɛ!* Wir brauchen nur zu sitzen und zuzuschauen.«

Aber die Jahre vergehen und die Ältesten haben immer noch nichts, worüber sie sich das Maul zerreißen können, obwohl sie Ma ausgegrenzt haben. Schlimmer noch, jetzt werden ihre eigenen Frauen aufmüpfig. Die Ältesten müssen sich nun häufig im Wohnheim treffen, um über einen Zwist zwischen Eheleuten zu diskutieren. Manche Paare trennen sich sogar, wie die Weißen! »*Faransi musow jamanen.* In Frankreich werden die Frauen frech!«

Ma lässt sich von anderen nichts mehr vorschreiben. Sie leistet schweigenden Widerstand, aber man lässt sie nicht in Ruhe. Sie wendet sich offen gegen den Tratsch. »Ihr Mann hat sich umgebracht. Er konnte seine Kinder nicht ernähren. Er meinte, nach seinem Tod würde der französische Staat für sie sorgen.« Ma hält durch, obwohl die bösen Worte sie verletzen. Sie weiß, keiner kann sie zwingen, eine andere Frau zu werden. »*Jɔn bɛɛ n'i dakan don.* Jeder Mensch gehört seinem eigenen Schicksal.«

Die Ältesten ertragen es einfach nicht, dass Ma ihre Autorität in Frage stellt, am Ende einer weiteren Beratungsrunde verlangen sie von ihr, dass sie Bilakoro, Babas kleinen Bruder, bei sich aufnimmt. Dieser noch sehr junge Mann zieht bei uns ein, wenige Monate nachdem wir in der Cité Bonnier angekommen sind. Ma findet nichts dagegen einzuwenden: »Man muss der Familie helfen, wenn man kann. *N ma deli ka ban maa si la.* Ich habe bisher keinem meine Hilfe verweigert.« Baba und er haben weder dieselbe Mutter noch denselben Vater, er ist wohl eher ein Neffe meines Vaters. Unser Unglück war sein Glück. Wegen seines illegalen Aufenthalts in Frankreich saß er in Abschiebehaft, als die Bilder von der Feuersbrunst über die Bildschirme flimmerten. Angeblich hatten seine Bewacher Mitleid mit ihm. In kurzer Zeit wird er in den Augen der französischen Behörden vom Paria zur Stütze der Familie. »*Tubabuw bɛ se ko la.* Die Weißen kriegen alles hin.«

Die Idee, Bilakoro könnte Ma heiraten, wird von ihm selbst aufgebracht. Ma lehnt das strikt ab. Sie will keinen Bengel, dem auch noch zwei Schneidezähne im Oberkiefer fehlen. Bilakoro hat seine Zähne bei einer Rauferei in Libyen verloren, wo er Station gemacht hatte, um sich das Geld für den letzten Teil seiner Reise nach Frankreich zu verdienen. Er war nacheinander Hausangestellter und Koch in Familien, die ihn nicht immer bezahlen konnten. »Die reine Sklaverei!«

Bilakoro bekommt zwar nicht Mas Hand, aber ihre Unterstützung, denn meine Mutter lässt ihn sieben lange Jahre kostenlos bei uns wohnen, er teilt sich das Zimmer mit Koroke. Sie bezahlt ihm die Monatskarte und gibt ihm, solange er arbeitslos ist, an jedem Wochenanfang Taschengeld. Am Ende bekommt er mit ihrer Hilfe sogar eine Anstellung und eine Aufenthaltserlaubnis. Ma findet die erste Frau für ihn, hilft ihm bei der Aussteuer und bei der Bezahlung des Brautpreises. Aber Bilakoro »vom Busch« ist nicht nur kurzbeinig, er hat auch ein kurzes Gedächtnis. Nie wird er anerkennen, dass meine Mutter viel dazu beigetragen hat, dass aus ihm ein Mann wurde. »*N ye ɲuman o ɲuman k'a ye, a ɲinɛn'o bɛɛ kɔ. A ye n tɔgɔ tiɲɛ fan bɛɛ fɛ.* Er hat das alles vergessen. Er hat meinen Namen in den Dreck gezogen.«

Bilakoro war nicht der einzige, der aus dem Tod von Baba Profit geschlagen hatte. Ma erfährt es nebenbei in einem Gespräch, in dem es eigentlich darum geht, eine Arbeit für vom Busch zu finden. »Nichtstun ist nicht gut für einen jungen Mann.« Ma kennt nicht viele Leute, genau genommen kennt sie niemanden, aber sie sagt sich, vielleicht kann der Arbeitgeber ihres verstorbenen Mannes ihr bei der Lösung des Problems behilflich sein. Sie begibt sich zur Niederlassung seiner Baufirma.

»Sie müssen Verständnis haben, Madame, ich kann nicht die gesamte Familie beschäftigen. Ich habe schon seinen Bruder genommen. Er arbeitet seit drei Jahren bei uns.«

»Ach! Welcher Bruder?«

Nach einigem Bitten erreicht Ma, dass Bilakoro eingestellt wird. Sie erfährt bei dieser Gelegenheit auch, wer der Betrüger ist. Sie kennt seinen Namen. Er gehört zu Babas Clan, daher haben sie denselben Nachnamen! Am Tag nach der Beerdigung meines Vaters hatte er sich beim Sitz des Unternehmens vorgestellt und dem Zuständigen erklärt, dass er als der jüngere Bruder des Verstorbenen nun für die Witwe und ihre drei Kinder verantwortlich sei.

»*Mɔgɔ man ɲi.* Die Leute sind schlecht.« Der Mann bereut höchstens, dass er erwischt wurde. Bei einer Frau muss er sich nicht entschuldigen und die übrigen Mitglieder des Clans verlangen es nicht von ihm. Wenigstens war so die Arbeitsstelle nicht ganz verloren. Auch er hat eine Familie mit zwei kleinen Kindern zu ernähren.

So war Ma. In die eigene Tasche greifen, auch wenn es schwerfiel. Man muss immer helfen, hier wie dort: »Das ist nur normal! *N b'a kɛ n somɔgɔw le ye!* Ich tus für meine Leute. Auch wenn wir nicht viel verdienen: man muss geben, ein Punkt, zwei Punkt.« Der Clan nutzt es aus, ohne große Anerkennung für den, der sich schindet. Diese letzte Erkenntnis schmeckte bitter und ließ mit der Zeit Mas ohnedies vorhandenen Groll gegen die Männer noch wachsen. Aber deshalb stellte sie ihre Erziehung noch längst nicht in Frage: »Nur was die Leute daraus machen, ist schlecht.« Ma war fest entschlossen, weiter zu helfen. *»N'i n sara, bɛɛ bɛ lafiya.* Wenn ich tot bin, habe ich endlich meine Ruhe.« *Ala ka baara do!* Mit der Hilfe des Allmächtigen wollte Ma es schaffen, trotz aller Widrigkeiten die Erwartungen zu erfüllen, die in sie gesetzt sind. *»A b'Ala bolo.«*

Bon kura

Das neue Zuhause

Nicht alles ist verloren. Opfer einer Kriminaltat zu sein, hat auch sein Gutes. Nun finden die Behörden in kürzester Zeit eine Wohnung für uns, nachdem die zahlreichen Anträge von Baba immer mit einer Absage geendet hatten. Unser Fall liegt allerdings ungünstig, es handelt sich um eine Frau mit drei Kindern, außerdem arbeitslos und Analphabetin. Die Cité Bonnier in Ménilmontant muss genügen! Ein Pech, dass sie einen schlechten Ruf hat: Kriminalität, Gewalt, Drogen ... Aber man muss schnellstmöglich eine Lösung finden. Und die Miete soll für die Familie bezahlbar sein.

So kommen wir nach über einem halben Jahr beim Patriarchen in Asnières-Gennevilliers gegen Ende August 1987 in der Cité Bonnier an. Die aus dem Jahr 1925 stammende Siedlung umfasst dreißig Mietskasernen aus rotem Backstein. Es sieht hier genauso aus wie in meiner Kindheit im 20. Bezirk. Es ist ein Ort, wo Arme untergebracht werden, egal woher sie stammen, es sind alles Entwurzelte, im 19. Jahrhundert die Provinzler, dann Juden aus Mitteleuropa, Armenier, Italiener ... In den 1980er Jahren Chinesen, Türken, Pakistaner ... Zuletzt die Familien aus Schwarzafrika.

Wir wohnen in einer Dreizimmerwohnung im vierten Stock an der Treppe 7. Wir haben viele Quadratmeter hinzugewonnen, aber wozu? Ein lähmendes Schweigen senkt sich herab. Es ist umso beredter, als es nichts gibt, was es auffangen, zurückhalten, hemmen könnte. Die Zimmer sind nackt und leer. Wir haben nur das Allernotwendigste. Jeder brütet in seiner Ecke an seinem Kummer, selbst wenn wir ausgehen, reden wir nicht, die Zeit scheint stillzustehen.

Draußen ist es auch nicht besser, wir können dort nicht mehr spielen. Die Mietskasernen stehen sehr eng, da ist zu wenig Platz für das Licht und unsere Eskapaden. Die anderen Kinder sind feindselig, sie mögen keine Fremden. Im Hof herrscht das Gesetz des Stärkeren, wir bekommen es zu spüren, da wir keinen großen Bruder haben, der uns verteidigt. Ma sperrt uns lieber in der Wohnung ein. »*Yan denmisɛnninw tɛ ɲuman kɛ.* Die Kinder von hier machen ungute Sachen.« Ich klammere mich an das bisschen Leben, das übrig bleibt. Ich weiß, Bonnier ist nicht die Welt. Ich schaue nach vorn und warte auf bessere Tage.

Ich träume davon, eine Prinzessin zu sein: Aschenputtel. Ist sie ein blondes weißes Mädchen? Kein Problem, meine Phantasie passt sich an. Auch mein Prinz wird kommen, er wird groß und schön sein, keiner von diesem Abschaum. Er wird gutsitzende Hosen tragen, einen starken Charakter haben und wortgewandt sein. Er wird mich aus meinem Alltag befreien, mit ihm wird das Leben schön und leicht sein. Den Rest überspringe ich bis zum Ende: »Sie bekamen viele Kinder.« Aber die Zeit bis dahin wird lang, ein lethargisches, verträumtes Warten.

Ich verbringe meine Zeit mit Lesen, was sich auf die Erledigung meiner Alltagspflichten auswirkt. Ma sucht vergeblich, mich anzutreiben, indem sie die Lautstärke erhöht: »*I da, n'i hakili ko mɔgɔw bɛna k'i nɔla.* Du musst schlafen, denkst du jemand kommt und macht es für dich?« »*Lagalagatɔ.* Idiotin.« Nichts wirkt so gut wie ein Klaps am Hinterkopf, um mich in Bewegung zu setzen. Allerdings trifft mein Traumprinz in der vorgesehenen Zeitspanne nicht ein und Warten ist nicht meine Stärke. Ich nehme also die Dinge in die Hand, packe mein Schicksal an. Wenn ich es schaffen will, habe ich keine andere Wahl. »*I ke mɔgɔ ti.* Werde jemand!« Wie meine Mutter immer sagt, mit wackelndem Zeigefinger. »*I ke mɔgɔ ti!*«

Bonnier soll erschlossen und durchlüftet, den Bewohnern sollen angemessene Lebensbedingungen geboten werden. Man will acht Wohnblöcke abreißen, darunter auch den unseren. Zunächst wird Ma eine frischrenovierte Wohnung in einem anderen Haus angeboten, aber immer noch im gleichen Areal. »*Fa b'u la.* Die sind verrückt. Hier bleiben wir nicht. Ich kann bezahlen.« Der Vermieter will nicht nachgeben, Ma ebensowenig, doch er weiß noch nicht, mit wem er es zu tun hat.

Die anderen Bewohner unseres Hauses mit sieben Stockwerken, vier Wohnungen pro Treppenabsatz, ziehen allmählich aus. Mit drei weiteren unbeugsamen Familien leistet Ma Widerstand. Die Abrissarbeiten sollen beginnen, Zeit ist teuer. Schließlich siegt Mas Starrsinn: ihr wird eine Vierzimmerwohnung in der Nähe der Place des Grandes-Rigoles angeboten. Immer noch im 20. Bezirk, aber der Eingang liegt direkt an der Straße. Für mich bietet sich endlich eine Öffnung.

Tɔgɔtiɲɛ

Üble Nachrede

»*Farafin ka kuma ka ca!* Die Schwarzen reden zu viel!«, sagt Ma. Sie kauen dein Leben durch, denn wir alle sind schwarz und kommen aus Afrika. Die Weißen hingegen sind zu verschieden von uns: »Das ist nicht das gleiche. *An ka laadaw tɛ kɛlɛn ye.* Wir haben nicht die gleiche Tradition.«

Das Zusammenleben in der Siedlung macht es nicht besser. Jeder beobachtet jeden und verbringt einen Großteil der Zeit damit, über die anderen zu palavern. Vor allem die Frauen, sie haben viel Zeit totzuschlagen. Am frühen Morgen, wenn sie die Kinder zur Schule bringen, um die Mittagszeit und am späten Nachmittag, beim Abholen. Die Erfindung des Handys macht alles noch schlimmer.

»*E bɛ mun dɔn?* Weißt du schon? Das Kind von diesem hat das gemacht. Das Kind von jenem ist so und so.«

»Hiiii, was du nicht sagst!«

»*Walaï. A bɛ n n'Ala cɛ!* Ich schwörs dir bei Gott!«

»*Ala ka ne kisi o ɲɔgɔn ma.* Davor möge mich Gott bewahren!«

Jeder weiß alles vom anderen, manchmal besser als der Betroffene. »*Muso baara da.* Die Frauen haben nichts anderes zu tun!«

Ma hat Erfahrung damit, es wurde über sie getratscht, als sie in der Cité Bonnier ankam, und auch, in geringerem Maße, in Jourdain. Als berufstätige Witwe heizte sie die Gerüchteküche an. Selbstverständlich werden die Kinder vernachlässigt, wenn man damit beschäftigt ist, Geld zu verdienen. Und überhaupt: »Was ist das für eine Arbeit!« Ma ist das Gerede egal, sie beschränkt sich auf ein »Bonjour« oder »Au revoir« und geht weiter. Wenn sie von Freundschaften in Bonnier nicht sehr viel hält, so zeigt sie dennoch ihre Solidarität mit den anderen Mietern. Wenn sie etwas von einer Geburt hört, greift sie in ihre Tasche. Aber ein frischgebackener, frommer Vater wirft ihr das Geld einmal ins Gesicht: »Was ist das für eine Arbeit?«

Die Gemeinheiten hören nicht auf, um sie noch härter zu treffen, nehmen sich die anderen Erwachsenen mich, ihre Tochter, vor. Unter dem Vorwand eines wohlgemeinten Rats finden sie immer etwas auszusetzen. Sogar ein langärmeliges T-Shirt mit Rundausschnitt gibt ihnen Anlass zum Palaver: »Du kannst deine Tochter nicht in dieser Aufmachung herumlaufen lassen. Sie wird eine Frau!« Wie die Mutter, so die Tochter! »*A bɛ sungurunbaya dɔrɔn de la. A y'a ye a bamuso le la.* Sie rennt ständig den Jungs nach. Das hat sie sicher von ihrer Mutter.«

»Wie die Mutter so die Tochter!« Die Mädchen meines Alters reden genau wie ihre Mütter. Eines Tages darf ich ausgehen, ein so seltenes Ereignis, dass ich mich noch heute daran erinnere. Ich will zu meiner Clique. Unten an der Treppe stehen einige Mädchen. Eine von ihnen ruft mir zu:

»Hast du gesehen, was an der Mauer steht? Dass du eine fette Nutte bist!«

»Wer hat das geschrieben?«

»Weiß nich.«

Ich mustere jede von ihnen von oben bis unten, um die Schuldige zu finden. Nichts davon! Sie streiten es alle mit einem Lächeln ab.

Es stimmt, mir fällt es nicht schwer, mit den Jungs zu reden. Habe ich die Wahl, ziehe ich ihre Gesellschaft vor, auch wenn Ma nicht aufhört mir zu sagen: »*Cɛ ni muso tɛ tulonkɛɲɔgɔn ye!* Männer und Frauen spielen nicht zusammen.« Egal, ich setze mich über die Verbote hinweg. Schließlich tue ich nichts Böses. Aber ich bin noch nicht so erfahren, dass ich mich gegen die üble Nachrede wehren kann. Die Mädchen verstehen sich besonders gut darauf, Gerüchte über dich zu verbreiten. »*Tɔgɔtiɲɛ!*« Ihre Lästereien tun mir weh, aber ich zeige es nicht. Ich zucke mit den Schultern, fest entschlossen, nichts an meinen Gewohnheiten zu ändern.

Der Sex der Frauen ist sozusagen in aller Munde. Es ist das Hauptgesprächsthema. Jeder darf seine Meinung dazu abgeben, wie weit sie gehen. Wehe dem jungen Mädchen, das sich nicht zurückhält! »Sie ist eine Nutte!« oder die Steigerung: »Sie ist eine fette Nutte!« Die Männer beteiligen sich nicht an dem Tratsch, denn sie reden nicht mit Frauen über diese Dinge. Nach ihrer Meinung haben die von vielem keine Ahnung. Sie selbst hingegen sind erfahren und wissen, wo man diese Sorte Frauen trifft, und vor allem, dass sie Geld kosten. Die Männer stellen sich ihre Gesellschaft angenehm vor. Sie haben nicht immer die helle Freude an den Frauen, mit denen sie verheiratet wurden. »*N muso ti tɔɔrɔ!* Meine Frau geht mir auf die Nerven!«

Neben dem vielen Gerede besteht zwischen den Frauen eine harte Konkurrenz. Dabei werden oft die Kinder zum Vorwand genommen. Eine Witwe kann es unmöglich besser machen als sie! Ihre eigenen Kinder haben sowohl den Vater als auch die Mutter. Aber manche Männer erkennen Mas Leistung an: »Sie hat keinen Mann und macht es doch besser als du. Schau dir deine Nieten an. Du hast mir nur Nieten geschenkt!«

Gewisse Frauen brüsten sich mit den Großtaten ihres Nachwuchses, um von den Problemen abzulenken. Sie reden besonders laut, damit es alle hören:

»Seit mein Sohn ein Auto hat, fährt er mich überall hin.«

»Meiner bezahlt jeden Monat meinen Sack Reis.«

»Meiner hat mir das Flugticket gekauft.«

»*Doni bora a kan.* Ihr habt Glück.«

Yɛrɛfɔ! Angeberei! Die nichts vorweisen können, beneiden die anderen.

Ma hört sich alles an, ohne einen Ton zu sagen, sie hat nicht vor, ihre Kinder in den Dreck ziehen zu lassen. »*Juguya bɛ n'an kɔ!* Wir sind schon nicht beliebt!« Sie betet nur, dass wir ihr keine Schwierigkeiten bereiten. »*A ka manamanako kana se n ma!* Ich will keine Scheiße in meinem Haus!«

Nɛni

Der Schmerz

Gott prüft, wen er liebt. Bei uns macht sich der Tod breit. Ma hat nicht einmal genügend Zeit, um ihre verstorbenen Lieben zu trauern, schon nimmt er ihr den Jüngsten.

Moussa stirbt an einer nicht richtig diagnostizierten Hirnhautentzündung, am 30. Oktober 1987, nach seinem Totenschein zu einer nicht näher eingrenzbaren Zeit. Ma hat ihn am Vorabend ins Hôpital Trousseau gebracht: »Doliprane, ein Schmerzmittel, wird genügen.« Sie wacht die ganze Nacht bei ihrem jüngsten Sohn. Sie nimmt ihn in die Arme, fragt ihn: »Geht es?« Aber sein Zustand verschlechtert sich. Als sie am frühen Morgen den Notdienst ruft, können sie nicht mehr helfen.

Während Moussa stirbt, schickt Ma uns vor der Zeit in die Schule. Koroke und ich sollen seinen Todeskampf besser nicht mitbekommen. In der Eingangshalle unseres Hauses kommen uns die Helfer entgegen. Ich drehe mich um, sehe sie die Treppe hinaufsteigen. Ich möchte umkehren, aber mein Bruder schiebt mich zum Ausgang. Den ganzen Tag bete ich darum, dass Moussa nicht stirbt. Gott erhört mich nicht. Bei unserer Rückkehr fordert Ma uns auf, uns zu ihr zu setzen.

»Moussa *banna.* Er ist tot.«

Diesmal weiß ich, warum ich weine.

Ma hat an diesem Tag aber noch mehr auf dem Herzen. Sie schaut mich starr an, Zorn ergreift sie, sie wendet ihn gegen mich:

»Du bist an allem schuld! Du hast deinen Bruder und deine Schwester gegessen. *Subagu musa.* Hexe!«

»Das ist nicht wahr. Ich hab nix gemacht. Sag das nicht.«

Meine Schuld ist meine verhängnisvolle Geburt, ich kam vor meinen jüngeren Geschwistern und alle sind tot. Ohne es zu wissen, verbreite ich Unglück um mich herum. Mein Verbleib in der Familie wäre schädlich.

In den folgenden Tagen und Monaten habe ich mitten in der Nacht Asthmaanfälle. Ma bringt mich in die Notaufnahme. Das alles ist zu viel für sie. Die Möglichkeit, noch ein Kind zu verlieren, ist für sie unerträglich.

»He, was ist los?«

»Weiß nich. Ich krieg keine Luft.«

»*N tɛ sɛ k'o bɛɛ muɲu.* Das muss sofort aufhören. Ich halt's nich aus.«

Die Anfälle verschwinden ebenso plötzlich, wie sie gekommen sind.

Es wird Zeit, dass Ma sich ihrer eigenen Krankheit stellt, einer Niereninsuffizienz. In Erwartung einer Spenderniere muss sie dreimal in der Woche zur Dialyse. Ma wird alles zu viel. Da kommt Momuso nach Paris, um ihre Tochter zu unterstützen. Die beiden Frauen haben sich seit Mas Abreise nach Frankreich nicht mehr gesehen, fast fünfzehn Jahre lang.

»*N den, Ala ka bon.* Mein Kind, Gott ist groß.«

Momuso ist eine alte Dame mit den Ritualnarben an den Schläfen, verbraucht von der Zeit und der schweren Arbeit. Sie trägt ein in afrikanischer Weise um den Kopf geschlungenes Tuch, darüber einen dünnen Schleier, der ihr bis zur Taille reicht, ihre Hände und Füße sind mit Henna geschwärzt. In Frankreich ängstigt sie alles, besonders die Maschinen in der Metro, wo man draufstehen und sich festhalten muss und dann laufen sie für dich. Für Momuso ist die Lebensweise der Weißen unbegreiflich: Wie kann man den ganzen Tag in seiner Wohnung eingesperrt bleiben?

Haben wir so wenig für die anderen übrig? Hmm, hmm. Das ist für sie kein Leben. Sie kannte bisher noch nie das Alleinsein. Sogar im Schlaf kommen manchmal die Geister der Männer und suchen sie heim. Momuso flieht im folgenden Frühjahr wieder. »*N tun t'a dɔn ko Faransi bɛ tan. Faransi ma ɲi.* Ich wusste nicht, dass Frankreich so ist. Dieses Land ist nicht gut.«

Nach der Abreise ihrer Mutter betet Ma noch inbrünstiger. Sie bittet Gott, die Mutter noch einmal sehen zu dürfen. Ach, die vergehende Zeit ist der Feind aller, die schon lange leben. Ihr Gebet wird erhört. Die beiden Frauen sollten sich bei einem Besuch Mas in Mali ein letztes Mal sehen. Während dieser Reise überlässt sie uns ihrem Vertrauten Gangarana Issa.

»*U tɛ se ka lɛkɔli bila.* Ihr müsst in die Schule.«

Momuso stirbt am 21. Juni 2007. Ma kann wegen ihres Nierenleidens nicht zum Begräbnis fahren. Die Ärzte raten ihr energisch von der Reise ab: »Die medizinische Versorgung in Mali ist nicht ausreichend.« Ich höre zum ersten Mal, wie sie mit Gott hadert. »*Ala, n ye mun de k'i la?* Womit habe ich das verdient?« Ist es die Vergeltung für ihre plötzliche Auflehnung gegen den Allmächtigen? Ihr Vater Moke stirbt nur wenige Monate nach seiner Frau. Vor ihnen war schon Dogoke, Mas kleiner Bruder, dahingegangen. »*Ala k'u bɛɛ layɔrɔ sumaya.* Sie mögen alle in Frieden ruhen.«

Während ich heranwachse, werde ich selbstsicherer. Ich versuche Ma zu trösten, wenn jemand von den Angehörigen stirbt. Ich benutze ihre eigenen Worte, um sie zur Vernunft zu bringen. »Hör auf zu weinen. Die Tränen halten die Toten zurück. Man muss sie in Frieden ruhen lassen. Gegen den Tod können wir nichts ausrichten. *Saya tɛ mɔgɔ si to.* Er lässt keinen aus.«

Jeder neue Todesfall bringt mich zur Überlegung, wie man am besten Schluss macht. Ich war gerade zehn Jahre alt geworden, da wollte ich es in die Tat umsetzen. Es war Winter und dunkel, aber noch nicht spät. In Bonnier herrschte ungewöhnliche Stille, was meiner Entscheidung, Schluss zu machen, etwas Feierliches gab. Ich kletterte auf den Sims am Küchenfenster und setzte mich auf die Fensterbank. Meine Beine baumelten im Leeren. Ich sah den Betonboden vier Stockwerke unter mir und versuchte mir den Aufprall meines Körpers vorzustellen.

Dann vergaß ich mein Vorhaben. Den Himmel betrachtend, stellte ich mir meine Lieben dort oben vor. Sie waren sicher glücklich, bei aller Traurigkeit, dass sie keinen Kontakt zu uns aufnehmen konnten. Mit dem Leben auf Erden zu brechen, war der Preis, um im Paradies leben zu dürfen. Als ich klein war, hatte mir Ma erzählt, dass die Babys nicht sprechen können, damit sie die Geheimnisse der Engel nicht verraten, die sie während ihrer Geburt umgeben und schützen. Wenn sie dann sprechen lernen, löschen die Schutzengel alle Spuren ihrer Existenz aus ihrem Gedächtnis.

Die Unwiederbringlichkeit des Todes lässt mich endgültig aufgeben. Es braucht viel Mut, um sein Leben zu beenden. Es sollte mir besser gelingen! Sonst hätte mir Ma wahrscheinlich von eigener Hand den Rest gegeben. Nicht ohne mich vorher mit Beschimpfungen zu überschütten. »*I lagalagatɔ, boda bilen, ɲamɔgɔden.* Du willst mich umbringen, das ist es. Mach nur weiter so. *Walaï*, ich bring dich zuerst um und dann mich. Es ist nicht recht von dir, das Herz deiner armen Mutter zum Weinen zu bringen. Hab schon zu viel geleidet.« Ma hätte angefangen zu weinen. Ich kann es nicht ertragen, sie in diesem Zustand zu sehen. »Ma, *kasi dabila. Kasi man ɲi.* Hör auf zu weinen. Das ist nicht gesund.«

Ma dɔgɔke

Mas kleiner Bruder

Schwer zu sagen, wieviele Geschwister Ma hat. Es wird noch schwieriger, wenn man die Halbgeschwister mitzählen will. Das Unterfangen wird geradezu unmöglich, nimmt man die Kinder der Onkel und Tanten hinzu, denn auch sie gelten als Geschwister: »*N fa dɔgɔnin don, fa kelen, ba kelen. N fa ye sin bila, ale fa y'a ta.* Er ist der jüngere Bruder meines Vaters, gleicher Vater gleiche Mutter. Mein Vater hat die Brust verlassen, um sie ihm zu überlassen.«

Mas Vater hat außer Momuso noch zwei Frauen. Insgesamt hat er neun Kinder. Vielleicht zehn. Ma ist die älteste von drei Geschwistern mit der gleichen Mutter und dem gleichen Vater. »*I mɔmuso ye den saba de sɔrɔ. Cɛman kelen ani musoman fila.* Deine Großmutter hat insgesamt zwei Mädchen und einen Jungen bekommen. Außer mir noch Diaba und Hah Balla.«

Dogoke, mit richtigem Namen Hah Balla, mein Onkel mit demselben Vater und derselben Mutter wie Ma, kommt 1982 oder 1983 nach Frankreich. Er ist das jüngste von Momusos drei Kindern. Wie alle anderen zieht er in das Wohnheim. Der einzige Sohn verkörpert für seine Angehörigen die Hoffnung auf ein besseres Leben. Die Frauen bereichern mit ihrem Bauch den Clan ihrer Ehemänner. Der Sohn wird für die Seinen arbeiten. Als einziger Sohn wird er selbst einmal das Oberhaupt der Familie werden, vorausgesetzt, dass Gott ihm das Leben gewährt. Aber seine große Schwester hat die angestammte Ordnung über den Haufen geworfen. Ma hat all ihren Leuten nach Kräften geholfen. »*Mɔgɔ t'i dakan dɔn. Ala dɔrɔn de b'a dɔn!* Gott allein kennt das Schicksal von jedem. Und keiner entgeht ihm.«

Dogoke passt sich mühelos der westlichen Lebensweise an. Er kopiert den Kleidungsstil der Künstler von Motown: Afrofrisur, ausgestellte Hose, Rüschenhemd. Die oberen Knöpfe lässt er offen, damit man etwas von seiner Brust sieht. Jede seiner Bewegungen scheinen einer Musik zu folgen, die nur er hört. Er zieht regelmäßig seinen Kamm heraus, um die perfekte Rundung seiner Frisur zu erhalten, dann streicht er die Ränder mit der flachen Hand vorsichtig glatt. Ma schaut genau zu. Sie steht da und beobachtet ihn, die Hände in die Hüften gestützt, mit einem Lächeln auf den Lippen, um ihm dann mit spöttischem Gelächter zuzuwerfen: »*Hali muso ka fisa n'e ye.* Schlimmer als eine Frau!« Aber Dogoke ist das egal, er ist unerschütterlich. Er liebt sich selbst über die Maßen. Er weiß, dass er schön ist, er hatte schon in Afrika viel Erfolg. »*A ye muso saba furu.* Er hat drei Frauen geheiratet.« Sein besonderer Fall kennt nur die Addition, die Subtraktion braucht er nicht. Eine Nebenfrau kommt zur nächsten. Eins und eins sind zwei. Eins und eins plus eins sind drei ... »*Cɛw diyaɲɛkow!* So mögen es die Männer!«

Von seinem eifrigen Karatetraining hat er eine gute Figur. Zuweilen kommt Dogoke im Kampfanzug zu uns. Es ist für ihn die Gelegenheit, eine Schau abzuziehen. Die Vorführung seines Kampfsports nutzt er auch jedesmal zu Grobheiten gegen uns: Schwitzkasten, Handgelenke verdrehen ... Die Lektion endet immer mit Weinen und Geschrei. Mas Einschreiten hilft nichts, es wird alles nur noch lauter. Sie schreit und rudert mit den Armen! Sie befiehlt ihm mit wackelndem Zeigefinger aufzuhören.

»Ich hab dir gesagt, du sollst meine Kinder in Ruhe lassen!

»*An bɛ tulon kɛ le la!* Wir spielen doch nur!«

Die Zeiten sind schlecht für einen illegal Eingereisten in Frankreich. Charles Pasqua, der damalige Innenminister, erschwert die Bedingungen für die Papierlosen, das Aufenthaltsrecht zu bekommen. Überdies werden sie in großer Zahl abgeschoben. Hah Balla wird bei einer Ausweiskontrolle in der Nähe des Wohnheims verhaftet und verlässt Frankreich 1986 unter sicherem Geleit.

Sein Abenteuer setzt er in Afrika fort. Migration in Afrika geschieht vor allem innerhalb des Kontinents. Dogoke zieht zunächst Richtung Süden, wo ihm der Himmel günstiger erscheint: Elfenbeinküste, Ghana, Benin, Nigeria, Kamerun, Gabun ... dann Libyen. Über zehn Jahre lang klammert er sich an seinen Traum von Größe, bis er aufgibt und sich endgültig in dem Dorf niederlässt, wo er das Licht der Welt erblickt hat. Er ist nicht reicher geworden, aber er kann sich brüsten, dass er »auf Wanderschaft« war. Nach den vielen Jahren fern von der Familie ist es ihm unmöglich, mit leeren Händen heimzukehren. Er muss sich auch mit den äußeren Zeichen des Reichtums schmücken. Dogoke bittet ohne Zögern seine große Schwester, ihm Geld zu schicken: »Sonst ist die Schande zu groß.«

Den 5. Juli 1994 Tripoli

Ich gebe dir Nachricht von mir ich grüße dich zuerst um heimzugehn ins Dorf gebe ich dir Nachricht. Seit schon lang wil ich ins Dorf aper die Tage ist noch nicht gekomen. Sogar ich wil nicht mal eine Nacht in Lybien bleiben hier, denn in dem Land geht es viel schlecht, und die Regierung hat uns gezwung alle Auslende eine Karte zu nemen mann weis nicht was in Lybien tun und komen. Für die Fahrt Tripoli-Bamako 300 000 FCFA jetz ohne Gepeck denn der Konvoi der Botschaft ist unterbroch.

Ich bitte sie Antwort mir ab heute bis August wenn sie helfen könen 600 000 FCFA, denn ich bin sehr beunruh drum sag ich das dir wirklich hab ich keine 5 FCFA hier jetz. Wirklich wenn ich kein beunruh wer will ich nich mir jemant hilf, wo alle müde sind jetz. Aper wenn das Land kaput is wie sol ich machen. du selbs mir gesagt das wenn ich heimkome ich nie mehr weg. mann mus sehn wenn du solang auf abenteuer wars mus ich was mitbring. Wen das nich gelöste is kann ich nicht weg. Jetz weil ich kein geld hab wen du nich kanst du mus mir Antwort, sol mich nich ohne Geld reise du bis nich allein wenn du mit X würd mich freun. Es ist ihr die mich ... Mit Antwort geb mir Nachricht von Dorf, ich grüs euch sehr gut, ich hab nix hier, Antwort hier bis achter Monat ich grüs alle aus mountan

von Hah Balla Traore
Bp 72947
Tripoli

Als Dogoke 2004 stirbt, wird er neben den Seinen beerdigt. Ein Glück! Andere verschwinden namenlos und ohne Grabstätte.

Die ersten Migranten aus Kakoro Mountan haben sich über die Jahre organisiert. Sie haben eine Rückreiseversicherung für die Bestattung eingerichtet. Die in Frankreich Verstorbenen dürfen im Land ihrer Vorväter ruhen. Noch als Erwachsene würde Ma uns auffordern, trotz unseres Zögerns die Jahresbeiträge dafür zu zahlen »Und wenn wir nicht zahlen wollen?« Es gibt ernste Themen, die nicht diskutiert werden:

»*I da togo! I faso le don. I bɛ wari bɔ.* Halts Maul! Du zahlst. Is dein Land.«

»Was wird aus denen, die hier begraben sind?«

»*Balawuden, i nɛn minɛ!* Unglückskind! Hüt deine Zunge!«

Es ist schwer, nicht zu geben. Der Gruppendruck lässt selbst die Widerspenstigsten einlenken. »*Dugu bɛɛ de don. N'i m'a sara, a bɛ kɛ maloya ye.* Es ist das ganze Dorf. Wenn du nicht zahls is eine Schande.«

Mit der Zeit werden die Projekte immer ehrgeiziger, das ganze Dorf soll nach den Vorstellungen der Gebildeten entwickelt werden. »*Mɔgɔ kelen tɛ se ka fɛn bɛɛ kɛ. F'an ka ɲɔgɔn dɛmɛ!* Man muss sich gegenseitig helfen. Keiner kann es alleine schaffen.« Dank der Sammelkassen können bei schlechter Ernte Nahrungsmittel gekauft werden. Sie finanzieren den Bau einer Schule, einer Krankenstation, eines Brunnens; dann den Kauf von Ackergerät, einen Posten mit einem Satellitentelefon, damit die Verbindung zwischen dem Dorf und seinen Migranten nie abreißt.

»*An k'an hakili to ɲɔgɔn na.* Wir unterstützen uns gegenseitig.«

A farafin dege

Lernen auf afrikanische Art

Die finanzielle Situation der Familie bessert sich allmählich. Seit Ma das Steuer übernommen hat, ist sie so gut wie nie zuvor. Nicht Bilakoro, sondern sie ist das wahre Oberhaupt der Familie. Sie arbeitet, ihr Verdienst reicht sowohl für die Ausgaben des Haushalts als auch zur Unterstützung ihres Vaters und ihrer Mutter, solange sie leben – und sogar dazu, im Namen der Kakoro-Solidarität zu helfen.

Bei der Überweisung von Geld nach Mali gibt es immer Streitereien, denn man muss mit dreierlei Währungen jonglieren. Bis zuletzt rechnet Ma in Francs und lässt mich in Euro umrechnen. Aber in den Begleitbriefen zu den Geldsendungen müssen die Summen in Francs CFA angegeben werden. Die langwierige Entscheidung meiner Mutter steigert noch meine Ungeduld:

»Du hattest mir aber gesagt 20 Euro, Ma!«

»20 Euro, wieviel ist das?«

»*Waa fila ni kɛmɛ wɔɔrɔ ni mugan.* 131 Francs.«

»*An, an.* Is nich genug! *I to n ka jate bɔ.* Lass mich nachrechnen!«

»Aber wenn du es selbst ausrechnen kannst, warum fragst du mich dann?«

»Sei still, ich muss überlegen. *I bɛ 30 euros di, k'a sɔrɔ* 20 euros *far'a kan. O bɛ d'a dɔgɔmuso ma.* Du machst 30 Euros. Du gibst noch 20 Euros für seine kleine Schwester.«

Das alles wäre nicht möglich, wenn ihre Ärztin ihr nicht geholfen hätte. Ma und die Nierenspezialistin, bei der sie seit der Diagnose ihrer Niereninsuffizienz 1981 in Behandlung ist, kennen sich gut. Anfang der 1990er Jahre bricht Ma während einer Untersuchung im Krankenhaus zusammen; ihr Witwengeld läuft bald aus.

»Ich hab kein Geld mehr für die Kinder.«

»Hören Sie auf zu weinen, wir finden eine Lösung. Sie müssen an Ihre Gesundheit denken.«

Die Ärztin hält Wort und bringt kurz darauf einen Vorschlag:

»Ich habe vielleicht etwas für Sie, aber Sie müssen abends arbeiten.«

In diesem Moment denkt Ma an die Worte ihrer Mutter, an ihre Segnungen: »*Ala ka mɔgɔ ɲumanw bil'i ka sira kan.* Dass Gott dir gute Menschen auf den Weg schicken möge.« Sie wiederholt immer wieder: »*N ba ka dugawu bɛ n kɔ.* Der Segen meiner Mutter begleitet mich. Die Gebete einer Mutter verlassen das Kind nie.«

Obwohl sie keine Zeugnisse vorweisen kann, bekommt Ma die Stelle. Sie soll sich nach der Dialyse um die Patienten kümmern, das ist für sie kein Problem, sie kennt das aus eigener Erfahrung, außerdem fällt ihr nichts schwer, wenn man sich die Zeit nimmt, es ihr zu erklären. »*N ma taa lɛkɔli la nka n tɛ naloma ye!* Ich war nicht in der Schule, aber ich bin nicht dumm.« Sie arbeitet bis spät in die Nacht und bleibt manchmal bis zum nächsten Morgen. Sie ist nicht zu bremsen. Ma weiß, dass sie ihre Würde nur bewahren kann, wenn sie arbeitet. »*Ni n ma baara kɛ, jɔn b'a di n ma? Maloyako tɛ.* Wenn ich nicht arbeit, wer gibt mir? Man darf sich nicht schämen.« Arbeit, Arbeit ... Ma redet von nichts anderem.

Während Ma schuftet, um sich nicht schämen zu müssen, übernimmt Bilakoro zu Hause die Führung. Er errichtet so etwas wie ein militärisches Regime. Wecken bei Sonnenaufgang: den Frühaufstehern gehört die Welt. Bettenmachen mit dem Lineal: ein ordentliches Zimmer zeigt, dass auch im Kopf Ordnung herrscht … Glücklicherweise haben mein Bruder und ich auch etwas davon. Bilakoro legt sich Marotten zu, über die wir uns amüsieren, etwa dass er seinen Caro-Kaffee geräuschvoll aus einem grünen Plastikglas chinesischer Herstellung schlürft und dabei den kleinen Finger abspreizt. Es sind solche Gesten, die ihm den Spitznamen »vom Busch« einbringen. Der Schwarze kopiert von den Weißen nicht immer die besten Seiten.

Bilakoro nimmt auch unsere Bildung in die Hand, indem er als Lehrer auftritt. Zumindest hat er die passende Kleidung, in seinem beigen Tweed-Jackett mit Flicken an den Ellbogen, einer zu kurzen Jeans, die den Blick auf die Socken freigibt, und mit seiner braunen Aktentasche, die er immer bei sich trägt. Obwohl er selbst nie zur Schule ging, nimmt er seine Arbeit als Pädagoge sehr ernst. Die Peitsche gleicht seine Unwissenheit aus. Er verwendet die *bissa,* damit die Lektion sich einbrennt. Eines steht fest, Bilakoro »kann draufhauen, aber richtig.«

Seine liebste Übung ist Aufsagen. Er beschließt, dass wir Texte aus einem Buch über die Erfindungen in aller Welt auswendig lernen sollen. Am Ende der vorgegebenen Zeit müssen wir sie ihm stehend, mit den Händen an der Hosennaht, hersagen. Die gute Aussprache und den Rhythmus nicht vergessen! Ein erstes Zögern bedenkt er mit einem leisen Murren zur Warnung. Beim zweiten Hänger lässt er den Gürtel pfeifen. Wenn wir nach seiner Meinung schlecht gearbeitet haben, wird von vorne angefangen. Juckt es ihn in den Fingern, verschärft er die Übung und wir müssen mit vor der Brust verschränkten Armen und den Händen an den Ohrläppchen Kniebeugen machen. »*Kaladenw bɛkalan kɛ tan de Farafinna.* So lernen die Schüler bei uns in Afrika.«

Unser schlechtes Betragen in der Schule hat auch bei Bilakoro Folgen. Koroke trifft es noch härter als mich, denn zu dem schlechten Betragen kommen bei ihm noch schlechte Noten. Wenn die Zeugnisse für beide am selben Tag eintreffen, werden wir abwechselnd bestraft. Der zuerst an der Reihe ist, bemerkt zum zweiten: »Er hat sich aufgewärmt, jetzt bist du dran.« Auch wenn Ma zu Hause ist, sagt sie nichts. Mit der Schule ist nicht zu spaßen und erst recht nicht mit der Autorität der Lehrer.

Freilich sind wir nicht die einzigen Kinder in der Cité, die unter dem Regime der Erwachsenen zu leiden haben. Dadurch akzeptieren wir es leichter! Das Ende des Schultrimesters ist für viele eine schwierige Zeit, häufig hört man »Aua!« und »Auweia!« aus den Wohnungen mit den schlecht isolierten Wänden. Manche Eltern warten nicht einmal, bis sie aus dem Blickfeld sind, um den Tunichtgut zu prügeln: Wenn er Glück hat, wird er mit Fußtritten in den Hintern und Klapsen auf den Hinterkopf nach Hause getrieben: »Es ist mein Kind. Ich kann mit ihm machen, was ich will.«

Es haben immer die Erwachsenen das Sagen:

»Machst du das nochmal?«

»Nein, nie mehr, ich schwöre dir, ich machs nie wieder.«

Aber Folterer wie vom Busch verlangen von ihrem Opfer auch noch, dass es still ist, während die Schläge prasseln: »Ich hab gesagt, du sollst die Klappe halten!«

Auch draußen haben die Demütigungen kein Ende. Jeder will alles über den anderen wissen:

»Haste Dresche gekriegt, was? Weswegen denn?«

»He, lass mich los!«

»He, erzähl!«

»Tchiiippp!«

Durch die eifrige Übung mit der Peitsche wird Bilakoro immer geschickter in ihrer Handhabung. Vom Busch entwickelt neue Fertigkeiten. Finten, damit wir den Schlägen nicht mehr ausweichen können: Er wechselt die Körperteile, er schlägt auf Arme, Beine, Rücken und sogar auf die Füße. Er täuscht an. Er tut, als ob er es auf eine Stelle abgesehen hat, dabei zielt er auf eine andere. Zugleich lässt er uns nicht aus den Augen. Die Angelegenheit wird immer verbissener, auch weil wir größer werden. Angreifer und Verteidiger vergraben sich in ihren Stellungen.

Bilakoro verlangt zusätzlich, dass wir uns nicht von der Stelle rühren, wenn er draufhaut, aber ohne Erfolg. Er muss lernen, dass draufhauen nicht ungefährlich ist. Er macht mehr als einmal die schmerzhafte Erfahrung und bricht sich eines Tages sogar einen Finger: »*I niamoro den.* Warum bleibst du nicht wo du bist?« Die Verletzung dämpft eine Zeitlang seinen Eifer, bis er seinen Dienst wieder aufnehmen kann, guckt er uns nur an, wie wenn er uns runterschlucken wollte. Als wir in die Pubertät kommen, schwindet seine Gewalt über uns. Es macht ihn wütend, aber die *bissa* jagt uns keine Angst mehr ein. Er kann lange versuchen, uns zu bändigen, indem er uns noch stärker misshandelt, er kommt damit nicht durch.

Wir senken nicht mehr den Blick. Wie Koroke fange ich den Peitschenhieb ab, wenn er mich schlagen will:

»Ich hab keine Angst vor dir. Schlag ruhig drauf, is mir egal. Macht mir nix mehr aus. Was hast du jetzt vor?«

»Echt, so ist das also? Du hast kein Respekt?«

»Hau nur drauf! Ist sowieso das einzige, was du kannst.«

Die Angst hat die Seiten gewechselt. Wie schon andere vor ihm, hält er mich für verrückt. Und der Afrikaner fürchtet den Wahnsinn. So können sich Geister manifestieren, die von dem Körper Besitz genommen haben. Wer weiß? Der Rachegeist könnte auf ihn übergehen wollen.

Bilakoro vom Busch beschließt, lieber auf seine Macht zu verzichten, als von rachsüchtigen, frühpubertierenden Kindern gedemütigt zu werden. Umso mehr, als Ma endlich für uns Partei ergreift: »Du fasst meine Kinder nicht mehr an. Du schlägst sie nicht ohne echten Grund, nur wenn sie was Böses gemacht haben. Ein Punkt, zwei Punkt. Außerdem bringts wenn es größer is nichts, das Kind zu schlagen. Schon zu spät.« Nach dem Wegfall dieser letzten Stütze packt er seine Koffer. Wie die anderen ist er überzeugt, dass eine alleinstehende Frau mit zwei Kindern sich ohne Mann nicht durchschlagen kann, daher prophezeit er noch: »*U bɛ kɛ fugariw ye!* Aus denen werden Nieten.«

Er geht sogar so weit zu behaupten, Ma habe ihn rausgeworfen, um Platz für einen Mann zu schaffen. »*Tɔgɔtiɲɛ!* Eine Verleumdung!«

Faransi lɛkɔli

Die französische Schule

Die französische Schule ist weniger streng als die Schule von Bilakoro vom Busch, sie verlangt nicht so viel persönlichen Einsatz. Ich komme mit ihr mal mehr mal weniger gut zurecht. Im Unterricht vermisse ich die Straße. Im Kindergarten ging es noch, man durfte sich im Klassenzimmer bewegen. Die Schwierigkeiten begannen in der Vorschule, da hieß es Sitzenbleiben! In der zweiten Klasse, als wir in Asnières ankamen, sollte es besser werden. Aber in der ersten Klasse saß ich hinten im Zimmer am Fenster. Der Horizont schien mir versperrt, da ein hohes und breites Gebäude vor mir aufragte. Der Lehrer ließ mich in Ruhe, offenbar meinte er, ich verstehe nicht sehr viel, schließlich ist nicht jeder zum Lernen geeignet. Der Hintergrund meiner Eltern trug wohl dazu bei. Aber am Ende des Schuljahrs erwartet ihn eine Überraschung. Er ruft mich nach vorne, ich sehe ihn wieder auf seinem Stuhl hinter dem Pult sitzen, ich stehe neben ihm, vor meinen Klassenkameraden. Alle schauen mich schweigend an, der Lehrer weiß seine Klasse zu bändigen. Er schlägt ein Buch auf und fordert mich auf, ihm vorzulesen. Es ist eine Geschichte über den Mond, der nicht aufgehen will: »Du kannst ja lesen!« Es überrascht mich selbst. Ich kann lesen.

In Wirklichkeit geht die Geschichte ganz anders, sie handelt nicht vom aufgehenden Mond! Ich habe beim Ausräumen von Mas Wohnung mein Lesebuch wiedergefunden. Es lag mitten in einem Haufen *Tennis-Magazine* von Koroke. Mein Bruder kauft die Zeitschrift jeden Monat am Kiosk, seit sie auf dem Markt ist, da war er etwa zehn. Mit welchem Geld? Ich weiß es nicht. Koroke hat Tennis mehr geliebt als jeden anderen Sport, ohne ihn ausüben zu können. Tennis gehört nicht zu der Kultur, aus der wir kommen. Die Armen schlagen nicht auf den kleinen gelben Ball! Aus dem Mangel heraus wird er zu einem eifrigen Zuschauer der Fernsehübertragungen und Stefan Edberg ist sein Star ...

Mein Lesebuch hat das Feuer und noch einige andere Gefahren überstanden. Ich streiche liebevoll über das, was vom Einband übriggeblieben ist und lese dann flüssig:

MOND, VERSTECK DICH

Mond, lieber Mond, glaube mir, du musst dich schnell verstecken!
Eine kleine graue Maus hält dich für einen weißen Käse, sie will dich essen mit ihrem silbernen Löffel!
Mond, lieber Mond glaube mir, du musst dich schnell verstecken!
Das rote Eichhörnchen hält dich für einen Apfel, es will dich verputzen mit Stumpf und Stiel!
Mond, lieber Mond, glaube mir, du musst dich schnell verstecken!
Schon hüpfen die graue Maus und das rote Eichhörnchen von Stern zu Stern, bald sind sie bei dir!
Mond, lieber Mond, du bist selbst dran schuld, du wolltest mir nicht glauben!
Sie werden dich essen und du weinst, weil die Nacht so dunkel wird!*

Im Collège, das danach kam, konnte ich noch ohne meine volle Aufmerksamkeit dem Unterricht folgen. »Bleibt unter ihren Möglichkeiten, das ist schade!«, steht in meinen Zeug-

* Mathilde Leriche: *Heures enchantées* (*Verzauberte Stunden*); übers. nach dem französischen Original; Anm. d. Ü.

nissen. Mein häufiges Fehlverhalten wird noch toleriert: Schwänzen, freche Antworten ... Ich bin eine schwierige Schülerin, aber dennoch gehe ich wider Erwarten gern in die Schule, ich habe Spaß am Lernen. Und die Schule ist der einzige Ort, wo ich mich ein wenig ausruhen kann. Ich nutze die Zeit, um mich von meinem Leben zu erholen, das mich kaum verschnaufen lässt. Ich widersetze mich den männlichen und weiblichen Autoritäten, damit sie mich in Ruhe lassen. Etwa auch, um sie auf mich aufmerksam zu machen?

Die Schwierigkeiten kehren im Lycée zurück: »Ist faul, Benehmen inakzeptabel.« Was zuvor erlaubt war, ist es jetzt nicht mehr, mit sechzehn endet die Schulpflicht. Du kannst gehen! Wenigstens wird Ma nicht mehr jedesmal, wenn man sie einbestellt, die missbilligenden Blicke des Schulpersonals ertragen müssen. Sie wird nicht mehr nach einer durchgearbeiteten Nacht dasitzen und sich für meine Taten verantworten müssen. In ihre Wut mischte sich jedesmal auch Verzweiflung. Was wussten die schon von ihrem Alltag? Von der immerwährenden Anstrengung, aus ihren Kindern anständige Menschen zu machen: Schläge, dass ihr die Arme wehtaten, Predigten, bis ihr die Luft wegblieb, Tränen, bis die Quelle versiegte, Gebete bis ans Ende der Nacht ... Ma hat genug davon, sie kann die Herablassung der Weißen nicht mehr ertragen. Welches Elternteil betet schon auf dieser Erde dafür, dass es eine Niete in die Welt setzt? »*Boda bilen!* Rotes Arschloch!«

Ich nutze die Sommerferien dazu, meinen Geist auszuruhen und mich mit mir selbst zu versöhnen. Ich nehme Zuflucht zum Schlaf, ganze Tage, ohne je genug zu bekommen. Ich stehe nur auf, wenn es gar nicht anders geht. Ma lässt mich in Ruhe, sie hat immer gewusst, wann es nötig war. Meine Lähmung hört so plötzlich auf wie sie gekommen ist. Eines Tages fällt mir die Lösung für meinen

Lebensüberdruss ein wie eine Offenbarung. Ma hat mich zum Tante Emmaladen der Cité geschickt mit dem Geld für die Lotterie. Jeden Monat zahlt Ma ihren Anteil in der Hoffnung, dass das Los auf sie fällt und sie den Jackpot gewinnt. Mit dem Geld könnte sie den Bau ihres Hauses in Mali beschleunigen. Auf dem Weg rede ich mit mir selbst. Ich kann nicht meine Zeit damit verbringen, alles zu sabotieren, um mich selbst dafür zu bestrafen, dass ich am Leben bin. Ich muss mein Leben aufbauen, und wenn es schon sein muss, soll es ein schönes Leben werden. Ma hatte nie einen Zweifel daran gelassen: »*Mɔgɔ si te yen min b'a k'an yan.* Keiner wird es für uns tun!«

Ein Anfang wäre gemacht, wenn ich nicht in jedem Satz »Scheiße« sagen würde oder »Verdammte Hurenmutter!«, wenn ich einen Gedanken ausdrücken will. »Scheiße, das regt mich auf!«, »Sie geht mir auf den Geist, verdammte Hurenmutter!« »Scheiße, hab die Schnauze voll!« Koroke weist mich als einer der ersten auf diese schlechte Angewohnheit hin: »Warum fluchst du die ganze Zeit? Hör auf damit, du hast eine wüste Sprache.«

»Ach echt! Scheiße, hab ich noch gar nicht gemerkt!«

Umso mehr als mein häufiger Gebrauch von »Scheiße!« zu Reibereien mit Ma führt. Wenn ihre ständigen Vorwürfe unerträglich werden, will ich ihre Stimme mit einem »Scheiße!« stoppen, weil sie in meinem Kopf zu laut nachklingt. Die Gelegenheit lasse ich mir nicht entgehen. Aber Ma spielt die Getroffene und schreit, ich hätte sie beschimpft. Dabei versteht sie ganz genau, wenn Koroke und ich uns in diesem Slang unterhalten:

»Was? Ich Scheiße?«

»Unsinn. Ich meine nicht dich!«

»Was, ich rede Unsinn? Ich Scheiße?«

»He, Mama, hör auf damit!«

»*N den ka n neni, a dan don! Bi, n bɛ bugɔli d'i kan, f'i k'a dɔn ka Ala aye kami ɲɛgɛn.* Mein Kind, mich beschimpfen, das is ungeheuerlich! Ich schlag dir die Fresse ein! Heute ist es entweder du oder ich!«

Aber jetzt muss ich schnell und um jeden Preis eine Schule finden. Ich gehe Klinken putzen, werde wegen meiner mittelmäßigen Zeugnisse häufig abgewiesen, obwohl ich sie mit Tipp-Ex verbessert habe, aber meine Hartnäckigkeit zahlt sich am Ende aus. Der Schulverwalter eines Lycée Technique lässt mich dreimal antanzen, bevor er einen Vorschlag für mich hat:

»Es gibt noch eine Möglichkeit in der Abschlussklasse für Buchführung und Management. Aber Sie verpflichten sich zu arbeiten. Ich möchte nichts über Sie hören. Kann ich Ihnen vertrauen?«

»Ja, Monsieur.«

Es gefällt mir in dieser überschaubaren Schule. Die Lehrer stehen uns näher. Ich schaffe mein Abi.

Als ich Ma meinen Erfolg verkünde, fragt sie nochmal nach: »Ist es wahr, hast du bestanden?«

»Ja, es ist wahr.«

»Das ist gut, ich bin froh.«

Wie gewöhnlich begnügt sich Ma mit einem lakonischen »Das ist gut«, um ihre Befriedigung auszudrücken. Getreu ihrer Erziehung: »Man brüstet sich nicht mit dem, was Gott uns schenkt, denn niemand weiß, wie das Morgen aussieht.« Manchmal fügt sie hinzu: »*Courage ta,* nur Mut. Halt durch, kapiert? Ich war nicht in der Schule. Siehst ja, ich bin immerzu müde.«

Nach dem Abitur und ohne konkrete Pläne für die Zukunft finde ich mich im Geschichtsstudium an der Uni wieder, wo die fehlende Orientierung mir alle Motivation raubt. Lernen um des Lernens willen, das liegt mir nicht, das kenne ich schon von Bilakoro! Nach etwas über einem Jahr werfe ich das Handtuch, ohne echtes Bedauern, denn ich weiß schon, ich werde eine andere Ausbildung machen. Wo und wie? Das steht in den Sternen, aber wird rechtzeitig mitgeteilt! Inzwischen besuche ich einen berufsbegleitenden Fachhochschulkurs in Buchführung und Management, um möglichst rasch eine bezahlte Tätigkeit aufnehmen zu können. Wie Ma häufig sagt: »Zum Studieren braucht man einen klaren Kopf.« Ich habe noch andere Kämpfe zu führen, das Leben verlangt mir viel Energie ab. Ich packe es kraftvoll und entschieden an.

Die Gelegenheit, wieder ein Studium aufzunehmen, bietet sich 2009. Die Elitehochschule für die Verwaltungslaufbahn, Sciences-Po, eröffnet einen Bereich für Hochleistungssportler und ich genüge den Aufnahmekriterien. Mit fast dreißig kehre ich auf die Schulbank zurück. Lernen ist gut für jedes Alter und mein Kopf ist endlich ausgeruht.

Die Pracht der Gebäude von Sciences-Po schüchtert mich ein. Zu Anfang gehe ich immer an der Wand entlang. Als wenn ich, ein großgewachsenes schwarzes Mädchen, mich unbemerkt durch diese weiße Umgebung bewegen könnte. Vielleicht hätte ich meine Nike ausziehen müssen. Aber sie sind das Zeichen, dass ich mich nicht ändern noch vergessen will, woher ich komme. Was bringt es, Leute wie uns aufzunehmen, wenn wir am Ende aussehen sollen wie alle anderen?

Meine Erfolge beim Lernen hängen von den Männern und Frauen ab, die unterrichten. Wenn sie an mich glauben, will ich sie nicht enttäuschen. Bei einer Hausarbeit kommt mir der kalte Schweiß. Ich bitte meine Literaturprofessorin um Hilfe. »Kommen Sie doch einmal bei mir zu Hause vorbei.« Sie empfängt mich freundlich, locker, lebhaft: »Es tut mir sehr leid, ich habe Ihr Klingeln nicht gehört. Ich war in meinem jüdischen Loch.« Ich runzle die Stirn, verstehe nicht. »Kennen Sie nicht *Du hast das Leben noch vor dir*? Vom kleinen Momo und Frau Rosa? Lesen Sie das Buch, Sie werden es lieben. Danach reden wir darüber.« Ich schäme mich nicht. Ich hatte mich oft geschämt, etwas nicht zu wissen, aber diese Frau meint es gut, daher kaufe ich mir umgehend das Buch. Durch sie entdecke ich neben Romain Gary noch weitere Autoren. Sie ist eine von denen, »die Menschlichkeit in mich säen«, wie Mauriac es ausdrückt.

Bolokurunkɛlɛ

Boxen

Vielleicht wollte Ma nicht, dass wir in der Cité herumlungerten, jedenfalls ließ sie uns, Koroke und mich, bis zum Exzess Sport treiben, als wir nach Bonnier kamen: Savate-Boxen, Judo, Volleyball, Bogenschießen ... Es ist ihr Trick, um immer zu wissen, wo ihre Sprösslinge sind, während sie sich abschindet. Es wäre auch nicht vernünftig, uns den ganzen Tage in die Wohnung zu sperren, wo wir nichts außer dem Fernseher haben, um uns zu unterhalten. »*F'aw ka wɔsi dɔɔnin!* Ihr sollt ein bisschen schwitzen!«

Ich verlege mich aufs Boxen, über zwanzig lange Jahre, mit mehr oder weniger großem Erfolg. Anfänglich ist Ma nicht einverstanden: »Meine Tochter kann alles machen, nur nicht Boxen!«, sagt sie dem Trainer bei der Anmeldung. »Ich will Boxen!«, entgegne ich, ohne die geringste Ahnung von diesem Sport. Aber Ma gibt nach, ich muss sie noch nicht mal sehr drängen. Schließlich »*Faransi bɛ tan de!* So ist das eben in Frankreich!«

»Diese Frau macht wirklich nichts wie alle anderen!« Ma muss mich gegenüber den Müttern von Bonnier verteidigen, die meinen Sport kritisieren, weil er gegen die Konventionen verstößt: »*A to n ma!* Überlass es mir, das ist eine Sache zwischen denen und mir!« Es kommt nicht in Frage, dass ich mich einmische, denn der Ton, in dem etwas gesagt wird, ist bei den Schwarzen manchmal wichtiger als die Wahrheit. »Und du weißt nicht, wie man spricht.« Ma entgegnet ihnen: »*Faransi, musow ni cɛw bɛ ye kulusitigiw.* In Frankreich haben Männer und Frauen die Hosen an, man weiß nie wer drin steckt.«

Dabei hat Ma keine Ahnung von diesem Sport: »Was ist denn dabei, außer dass man draufhaut.« Sie lässt mich gewähren und meine sportlichen Erfolge helfen, sogar die Widerspenstigsten zu überzeugen. Da inzwischen feststeht, »dass eine Frau allein, ohne Mann, es nicht besser machen kann als sie«, melden die anderen Mütter ihre Sprösslinge ebenfalls beim Boxen an, sogar die Mädchen. Aber die wenigsten halten das harte Training und die dazugehörige Disziplin durch. Warum sich Schmerzen zufügen, noch dazu freiwillig? Viele von ihnen geben auf, bevor sie richtig angefangen haben. »*A sɛgɛn ka bon kojugu.* Es ist zu anstrengend.«

Mas Reaktion, wenn ich ihr von meinem Erfolg beim Boxen erzähle, ist ungefähr die gleiche wie beim Thema Schule. Erzählen ist hoch gegriffen, denn auch hier sind unsere Dialoge ziemlich knapp.

»Hast du gewonnen?«

»Ja.«

»Das ist gut!«

Bei einer Niederlage läuft das Gespräch ohne große Unterschiede immer gleich:

»Warum? Du hast sie nicht richtig verdroschen, das ist alles.«

»Ma, hör auf.«

»Tchiiippp. Du hörst die Wahrheit nicht gern, aber ich sag sie, auch wenn sie dir nich passt.«

Nicht so wichtig, was Ma denkt! Boxen ist meine Sache, Ma hat dort nichts zu melden.

Zu Anfang fahren wir in einem weißen Citroen 25 Kombi zu den Kämpfen. Die riesigen Sporttaschen werden sorgfältig hinten im Kofferraum gestapelt. Pech für den, der zu spät kommt, wenn es an Platz fehlt, er hat das Gepäck und den Hund des Trainers, ein deutscher Schäferhund, als

Reisebegleiter. Auf den langen Fahrten wird es uns nie langweilig. Fragen zur Allgemeinbildung, mit Vorliebe über die Geschichte Frankreichs, Kartenspiele, Rast bei McDonald oder Flunch ... und Singen. Unsere Gegner erkennen uns von weitem an den Ballonmützen auf unseren Köpfen, sie hören schon unser Kriegsgeheul: »Hier kommt der Coopyr, uns ist heiß!« und das Lied, das sie einschüchtern und uns Kampfesmut geben soll:

Der Coopyr-Club marschiert ins Feld
und singt: wir werden boxen ...

Der Coopyr-Club ist für seine Aufmachung und seine Sangesleistung bekannt, noch viel mehr aber für seine Kampftechnik. Das ist nicht verwunderlich, wenn man Yves Gardette, den Trainer, kennt. Ein ewig junger Mann, noch von der alten Schule, in der vor allem Strenge und Gehorsam, die Hierarchie und die Einhaltung der Regeln zählen. Er verbringt endlose Zeit damit, uns den perfekten Schlag beizubringen. Er lässt uns unermüdlich immer die gleichen Bewegungen üben, so lange, bis sie sitzen, wie er es sich vorstellt. Er geht mit seinem Holzstock durch die Reihen, um den richtigen »Ansatz« eines Fußtritts zu prüfen. Ein Hieb mit dem Stock in die Kniekehle zeigt ihm, ob das Standbein perfekt durchgestreckt ist. Ich muss während des Trainings oft die Zähne zusammenbeißen.

Zuerst ist der Innenhof der Grundschule unser Trainingsraum. Im Winter ist es dort bitterkalt, obwohl die Körper Wärme verbreiten. Als Ring dient ein gedrehtes Hanfseil, das um alle vier riesigen Betonpfeiler des dreistöckigen Gebäudes gespannt ist. Jedesmal, wenn ich es berühre, verletze ich mich am Rücken: »So lernst du's! Bleib doch in der Mitte!« Heute auf dem Programm der Stopper, ein Sprung, um dem Gegner im Angriff den Weg abzuschneiden. Ich schaffe es nicht, aber das Weinen nützt mir nichts, der Trainer wird mich nicht in Ruhe lassen, bis ich die Übung vollkommen beherrsche. Das ist der Preis, den man zahlen muss, um ein technisch einwandfreier Boxer zu werden.

Die Mühe lohnt sich! Ich gewinne oft, schon von Anfang an. Ich sammle Titel bei den Jugendlichen und bei den Senioren. 1999 und 2003 bin ich Weltmeisterin. Ma stellt meine Trophäen und Medaillen in ihrem Wohnzimmer aus. Die Pokale bekommen dort eine Platz auf dem hohen Buffet, die Medaillen an der Wand … Egal, wenn das alles Staub fängt: »Du musst ja nich putzen!« Ich mache mir nichts aus den vielen Symbolen meiner Siege. Im übrigen sollten sich die Nachbarn einige meiner Trophäen unter den Nagel reißen, als ich Mas Wohnung im September 2014 räumte. Die übrigen rosten in Umzugskartons in einem Winkel des Kellers vor sich hin.

2005 höre ich auf mit dem Savate-Boxen.* Yves Gardette ist im Ruhestand und es fällt mir schwer, mich einer anderen Autorität als der seinen zu unterwerfen. Beim Training fehlt mir die Leidenschaft und das wirkt sich auf meine Leistungen im Kampf aus. Ich gewinne, aber es fehlt der Biss. Schwierig, eine Schau abzuziehen, wenn beim offiziellen Wiegen der Zeiger fast zwei Kilo zu viel anzeigt: Ich habe eine Stunde Zeit, sie abzutrainieren oder ich werde disqualifiziert. Ich ziehe mir einen Schwitzanzug an, darüber mehrere Lagen Kleidung, begebe mich in die Hotelsauna zu einer halben Stunde Seilhüpfen, vor den staunenden Augen der Gäste, die sich eigentlich entspannen wollen. Ich liefere meinen Kampf vorzeitig, um das erforderliche Gewicht zu

* Aya Cissoko boxte zuerst im Savate-Stil (Box française). Savate-Boxen wurde wahrscheinlich von französischen Seeleuten oder Soldaten Ende des 18. Jahrhunderts in Marseille entwickelt. Es ist eine Art Kickboxen. In Frankreich ein anerkannter Spitzensport. Boxe anglaise wird in Frankreich das Boxen genannt, wie wir es international kennen. Anm. d. Ü.

erreichen, danach fehlt mir die Kraft. Aber mein Stolz ist ein starker Antrieb.

Ich brauche neue Ziele, um mich lebendig zu fühlen. An diesem Punkt entdecke ich das Englische Boxen und Jean Rauch. Er trainiert den Boxing Club Paris 20, der nach dem Savate-Kurs die Halle belegt.

»Ich will Boxen.«

»Ich trainiere keine Tussis.«

So redet er, der Jeannot, ein Titi, eine echte Pariser Schnauze. Er gibt nichts vor, er ist wie er ist. Am Ende nimmt er mich trotzdem mit der Behauptung, ich hätte ihn überzeugt. Es kostet mich große Anstrengung, aber ich mucke nicht auf. Jeannot bringt mir auch bei, das Leben zu genießen: »Es gibt nicht nur das Boxen! Mach die Augen auf, zieh dir rein, was um dich herum passiert. Schau dir die Welt an, meine Tochter!« Wo ich herkomme, ist es wichtig, sich gegenseitig Selbstverständlichkeiten zu sagen.

An die anstrengenden Trainingseinheiten schließen sich lange Gespräche an. Jeannot übernimmt das Reden, manchmal wird es mir zu viel. Er erzählt von sich, auch dazu dient die Erfahrung der Älteren: Geboren in Bagnolet, »von der Anhöhe aus sah man Paris, wenn der Himmel den dichten Rauch aus den vielen Schornsteinen der Fabriken aufreißen konnte.« Mit seinem Vater hat er nie richtig geredet, der schindet sich ab: »Er sorgte für das Fressen, da durften wir uns nicht beklagen.« Eine bigotte Mutter, »wie viele Weiber damals.« Dann kam die Armee, eine Zeit kleiner Jobs, der Radsport und schließlich das Boxen. Eines Abends stößt er hinter einem Freund die Tür zu einer Boxhalle auf: »Geh lieber mit mir aus, als dich immer zu schlagen.« Doch Jeannot sollte diese Boxhalle nicht mehr verlassen. Zuerst wird er Boxer, bald darauf Trainer, er, »ein Niemand«, gilt plötzlich etwas in einer Welt, wo die Jungs Blut und Wasser schwitzen, um ihr Brot zu verdienen. Wenige echte, viele angehende Champions, die zumeist irgendwo in einer Ecke der Boxhalle kampieren, da sie sonst nichts haben. Hauptsächlich Schwarzafrikaner. Er heiratet die Tochter des Trainers, sie schenkt ihm zwei Kinder, später bekommt er Lust, seinen eigenen Club zu gründen. Denn er will seinen Jungs etwas Besseres bieten als Boxen, um sich davon recht und schlecht über Wasser zu halten. Er möchte eine Boxhalle, wo die Jugendlichen ihren Platz finden. Er nennt sie liebevoll »meine Jungs« und mich »meine Tochter«. Er ist mein weißer Papa.

Für Jeannot ist das allerwichtigste, frei zu sein. Er hat etwas mit Ma gemeinsam, den starken Willen, sich gegen Ungerechtigkeit aufzulehnen. Jeannot kämpft für die menschliche Würde. Es geht ihm nichts über die finanzielle Unabhängigkeit und die Fähigkeit, selbst zu denken. Er zählt sich zu den Armen und verteidigt Seinesgleichen. Die Jungs in seiner Boxhalle kennt und versteht er gut. »Die heutige Generation ist nicht schlimmer als früher. Ich hab die gleichen Dummheiten gemacht.« Jeannot hat sich geschworen, nie jemandem etwas schuldig zu bleiben. Und vor allem nie denen recht zu geben, die mehr haben: »Wir sind keine Hilfeempfänger!« Er ist froh, wenn einer seiner Boxer es auf die andere Seite der Barriere schafft. Vorausgesetzt, er vergisst nicht, wo er herkommt. Die Erinnerung wird ihn zu einem aufrechten Mann werden lassen.

Zu seinen großen Sprüchen gehört unter anderen: »Wir sind nicht da, um uns lächerlich zu machen, damit der Gegner sich gut fühlt, ob im Ring oder im Leben.« Folglich unterzieht mich Jeannot ein Jahr lang einem unerbittlichen Training, bevor er mich in den kleinsten Kampf schickt. »Boxen hat nichts vom Boxen mit Händen und Füßen.« Seine Strategie zahlt sich aus! Ein Sieg nach dem anderen.

Auch hier gewinne ich schon von Anfang an. »Aus einem alten Brett wird kein Champion, sie bringt die Begabung mit«, sagt er. 2006 gewinne ich im gleichen Jahr die französische Meisterschaft, die der EU, werde europäische- und Weltmeisterin im Amateurboxen. So etwas hatte es bei einer Neuen in den Wettbewerben noch nie gegeben. Beim Grand Slam endet meine Karriere: Halswirbelbruch. Mein Kopf will noch, aber mein Körper wehrt sich gegen immer mehr Schmerzen, die ihm mit immer größeren Anstrengungen aufgezwungen werden. Ich bin nicht mehr Herrin über mein Handwerkszeug.

Die Angelegenheit könnte man als geregelt und abgeschlossen betrachten. Aber man darf nicht vergessen, dass in unserer Familie nichts so einfach ist. Jeder von uns hat sich im Schmerz eingerichtet. Wir können uns damit abfinden, aber nur unter unablässigen und wiederholten Anstrengungen. Genau wie bei Ma führen unsere Entscheidungen zu einem verschlungenen Lebensweg. Die nächste Püfung, die auf mich zukommt, ist die Krankheit. Bei der Operation, die meinen gebrochenen Wirbel stützen soll, wird das Rückenmark verletzt: meine ganze rechte Seite ist gelähmt.

Als ich aufwache, habe ich unerträgliche Schmerzen. Schnell erfahre ich die lindernde Wirkung des Morphiums. Ich verlange mehr davon! Nach der Spritze schlafe ich. Aber es dauert nicht lange, da halte ich eine Schwester, die mir die nächste geben will, davon ab: »Es geht auch so!« Ich muss meinen widerspenstigen Körper spüren, damit er wieder gesund wird, auf ihn hören, um ihn wieder unter meine Kontrolle zu bringen.

In diesem Kampf bin ich nicht allein. Ma kämpft nach Kräften mit. Sie lässt von ihren Gefühlen nichts erkennen, bevor alles vorbei ist, denn das wäre der falsche Moment. Aber

Sorge und Angst sind doch zu spüren! »Wenns euch nich gut geht mich auch nicht.«

Ihre freien Tage verbringt sie bei mir. Ma redet wenig, sie wacht über mich, wäscht mich. Sie füllt eine Schüssel mit Wasser, greift zur Seife und zum Waschlappen. Sie reinigt mich von oben bis unten, das Übel lässt sich nur über die äußeren Gliedmaßen austreiben, über Hände und Füße. Auf sie verwendet sie besondere Pflege, sie zieht an jedem meiner Finger und Zehen. Dann wäscht sie mich, cremt mich mit Feuchtigkeitscreme ein, zieht mich an.

Mein Zustand hindert sie nicht daran, mit mir zu schimpfen. Wie könnte es auch anders sein? Meine Ohren sind ja nicht betroffen: »Immer ist etwas! Jetzt musst du endlich stillhalten, nachdem du dich nicht mehr rühren kannst! *Nin den in ka kow bɛ n faga.* Das Kind bringt mich noch um vor lauter Probleme.«

Damit mein halb erloschener Körper sich erholt, kauft sie mir einen Schaumgummiball, mit dem man seine Nerven beruhigt. Sie gibt ihn mir in die rechte Hand und fordert mich auf, ihn immer wieder zusammenzudrücken. Ständig fällt mir der Ball runter. Ma hebt ihn unermüdlich wieder auf. »*I jija!* Streng dich an, nicht aufgeben!« Am Abend, bevor sie geht, legt sie ihn neben meine Hand. Da man im Krankenhaus schlecht schläft, weil jeder sich mit seinen Beschwerden herumschlägt, nehme ich ihn während meiner Schlaflosigkeit, um zu üben: »*I jija!*«

Es nützt nichts, sich zu beeilen, aber ich will möglichst schnell gesund werden. Zu schnell! Unter anderem ist es mir unerträglich, mich vor anderen nackt zu zeigen. Ich will nicht, dass man mich wäscht. Nach langer Zeit habe ich endlich wieder die Kraft, mich aufs Klo in meinem Zimmer zu schleppen und brauche niemand mehr, der mir den Hintern wischt. Das ist eine zu große Demütigung. Sobald ich besser laufen kann, lege ich die etwa fünfzig Meter bis zur Dusche auf dem Flur zurück. Aber ich überschätze meine Kraft. Ich breche zusammen, nachdem ich längere Zeit unter dem Wasserstrahl gestanden bin. Ich weine leise, will nicht um Hilfe rufen, dabei müsste ich nur auf die dafür vorgesehene Klingel drücken. Ich will meine Schwäche nicht zeigen. Keiner kommt.

Ich muss mich zusammenreißen, aufstehen, die Tür entriegeln, nachdem ich irgendwie das blaue Krankenhaushemd übergestreift habe, das nur einen Teil meiner Blöße bedeckt. Mein Hintern ist im Freien. Auf dem Weg zu meinem Zimmer spricht mich eine Pflegerin an: »Ist es gut gegangen?«

»Ja, danke.«

Der Weg bis zur vollständigen Genesung ist noch lang. Aber die Krankheit bringt den Vorteil, meine Einstellung zur Nacktheit und zu meinem Körper zu ändern, ich werde weniger prüde! Dass ich unzählige Male von Unbekannten mehr oder weniger rücksichtsvoll abgetastet werde, lässt mich meine Schamhaftigkeit überwinden. Auch die Ärzte mit ihrer Gleichgültigkeit tragen dazu bei! Jeder, der einmal die Visite eines Arztes mit seinem Schwarm von Lehrlingen im weißen Kittel erlebt hat, weiß was ich meine. Sie diskutieren und schreiben eifrig mit, aber ihre gierigen Augen verschlingen nur ihren Chef. Die Köpfe der Studenten gehen wie Scheibenwischer vom Heft zum Arzt und vom Arzt zum Heft. Manchmal wird eine Frage laut, aber sie ist nie an mich gerichtet! Einige wenige riskieren endlich einen Blick beziehungsweise ein Lächeln, im Hinausgehen. Sie wollen sich bei mir wohl dafür bedanken, dass ich ein lebendes Studienobjekt abgebe, das aus der Reihe fällt.

Außerdem, und das ist noch merkwürdiger, habe ich während meines Krankenhausaufenthalts so viel Liebe zu verschenken, glücklicherweise dauert er nur zwei Wochen, bis ich in ein Reha-Zentrum verlegt werde. Ich verliebe mich ständig! In meinen Physiotherapeuten ... in den Chirurgen, der in mir etwas Besonderes sieht: »Ein Fall wie Ihrer kommt einmal in ... vor.« An allen finde ich Gefallen. Verflixte Übertragung!

Der Schlaf ist wieder einmal mein bester Verbündeter, um die Realität aufzuschieben, aber Ma will mich nicht in der Depression versinken lassen. Mitleid kommt nicht in Frage, es muss verhindert werden, dass ich in einem Zustand verharre, der zu nichts führen wird. »*A kɛ kasi ye, i na mɔgɔ sɔrɔ min bɛ n'a k'i ye.* Heul ruhig weiter, jemand kommt und machts für dich.«

Es gibt keinen Ausweg: mit dem Boxen ist Schluss, so ist das eben! Ich werde mein Leben selbst leben müssen, anstatt mich von ihm treiben zu lassen. Eigentlich müsste ich wissen, wie das geht, auch wenn ich anfänglich daran zweifle. Yves Gardette und Jean Rauch, diese beiden Männer, haben mich während der gemeinsamen Zeit jeder auf seine Weise gewappnet, um dem Leben entgegenzutreten, es zu meistern und wertzuschätzen. Mit seiner Härte und Strenge hat Yves mir beigebracht standzuhalten, mir in der Widrigkeit nichts anmerken zu lassen. So viele Male hatte ich so getan, als wäre ich stark, obwohl es nicht weit damit her war. Jeannot hat mir beigebracht, mich wieder aufzurappeln. Er hat mit uns immer gesprochen wie mit wertvollen Menschen. Er ist einer von uns! Ein Leben vor dem Tod zu haben, darum geht es jetzt für mich! Wie Ma haben mir diese beiden Männer *danbé* gelehrt, Würde.

Belebele

Die Kupplerin

Ma hat über keinen der Männer selbst entschieden, mit denen sie ihr Leben teilte. Baba wurde für sie ausgesucht. Dann wurde ihr das Zusammenleben mit Bilakoro Kurze Beine aufgezwungen. Ein weiteres Mal lässt sie sich von Filelikela erwählen. Ihre letzte Erfahrung dieser Art. Danach beschließt sie, auf die Männer zu verzichten, um sich ganz ihren fast erwachsenen Kindern zu widmen. »*Muso jigi y'a denw dɔrɔn de ye!* Die Hoffnung einer Frau sind ihre Kinder.«

Es gäbe keinen neuen Mann ohne die tätige Mithilfe von Belebele, Mas Freundin. Nachdem sie von den Weißen miteinander bekannt gemacht wurden, schlossen die beiden Frauen enge Freundschaft. Belebele war in Bonnier eine Persönlichkeit mit großem Einfluss, gegründet auf ihr reifes Alter und ihren tadellosen Ruf. Die Sozialfürsorgerinnen bauten darauf, dass Ma sich mit ihrer Hilfe gut in die Gemeinschaft der Cité integrieren würde. Ihre anfängliche Reserviertheit war schnell verflogen und sie fanden reichlichen Gesprächsstoff. Sie hatten so viel gemeinsam: das Herkunftsland, die Sprache, die Entwurzelung, die Tradition, die Erziehung ihrer Kinder ... Zufällig erfuhr Ma während eines ihrer langen Gespräche, dass Belebele Baba gekannt hatte. Er hatte schon vorgehabt, sie zusammenzubringen, bevor der Tod dazwischentrat.

Außer ihrer Arbeit als Haushälterin bei den Weißen und ihren sechs Kindern hatte Belebele nur noch den Ehrgeiz, alle unverheirateten Frauen zu verehelichen, die ihr über den Weg liefen. »Eine Frau darf nicht allein bleiben. *Hakɛ b'a la!* Das ist Sünde!« Sie hörte nicht auf, die Vorzüge der Ehe zu preisen, obwohl ihr die Frauen häufig widersprachen: »Eh, nerv uns nicht. Ohne einen Mann, Katastrophe! Mit einem Mann, Kampf!« Aber so schnell lässt sich die Kupplerin nicht entmutigen: »Für eine Frau ist die Ehe das allerwichtigste. *N bɛ ka tiɲɛ de f'i ye!* Ich sag nur die Wahrheit.«

Ihr beeindruckender Körperbau verbietet jeden Widerspruch: sie wiegt gute 120 Kilo bei unter Einmetersiebzig! Alles schön angelegt im Fett des *bobara,* ihres ausladenden Hintern. Sie braucht nur einen strengen Blick zu werfen und die Frechen verdrücken sich. Belebele ist mit einem Bürschchen verheiratet, das außerdem nicht sehr mutig ist. In der Öffentlichkeit fährt sie ihm ständig über den Mund: Sie lässt ein lautes »Tchiiippp« los und sagt: »Hört nicht auf ihn. Er weiß nich.« Dann dreht sie sich nach ihrem kleinlauten Mann um und droht ihm mit dem Zeigefinger wie einem ertappten Bengel: »Misch dich nicht in unsere Gespräche. *I da minɛ! I m'a mɛn wa?* Halt die Klappe! Verstanden?«

Die imposante Belebele ist ständig auf der Suche nach Frauen, die sie verkuppeln kann. Ihr Kriterium, ob sie reif sind für die Ehe, ist die Größe der Brüste. Bestehen Zweifel, schreckt sie nicht davor zurück, in die Brust zu kneifen oder sie mit der Hand abzuwiegen. Die Mädchen haben Pech, deren Busen frühzeitig zu sprießen beginnen.

Ich habe von Belebele nichts zu befürchten. Sie lässt mich in Ruhe, seitdem Ma ihr klipp und klar gesagt hat: »Sie geht noch zur Schule. Sie heiratet, wen sie will und wann sie will.«

»*Ǎn,* das meinst du nicht ernst. Gott bewahre uns vor dem Übel. Sie wird noch mit 50 ledig sein. Außerdem könnte sie auf die schiefe Bahn geraten. Wenn sie verheiratet ist, hast du ausgesorgt! *An te tubabu ti!* Wir dürfen es nicht machen wie die Weißen.«

»*O te n kunko ye!* Das ist mein Problem!«

Auch wenn Ma die Wahl meines künftigen Mannes mir überlässt, hindert sie das nicht daran, mir regelmäßig vorzuhalten: »Du musst einen guten Ehemann finden. Die Mädchen deines Alters fangen an zu heiraten. Bei uns in Mali hättest du schon ein Kind auf dem Rücken und ein anderes an der Hand. Die Freiheit, das is was Gutes, aber eine Frau muss Kinder haben. Bild dir nicht ein du wirst jünger. *Don o don, maa bɛ kɔrɔ ka taa a fɛ.* Tag für Tag werden wir ein bisschen alt.«

Die Angelegenheit wird von Belebele zum guten Ende, der Eheschließung zwischen Ma und Filelikela, geführt. Die Kupplerin ist ziemlich stolz auf diesen Erfolg und lässt das jeden wissen, der ihr zuhört: »Dieser Heiratsantrag war alles andere als zu erwarten. Ich habe hart gearbeitet, und es war garnicht leicht ... Welcher Mann will sich schon mit einer Witwe zusammentun, die zwei schon heranwachsende Kinder hat? Man kann die Männer verstehen, es ist schwierig, die Kinder eines anderen groß zu ziehen. Jedenfalls haben sie jetzt einen Vater.«

Ma sagt nichts, sie lässt ihre Freundin reden: »Er ist eine gute Partie. Er kann dir bieten, was du brauchst. Du hast Glück! Du kannst endlich aufhören zu arbeiten wie eine Sklavin und dich ausruhen. *Jɔnya banna!* Das ist jetzt vorbei!«

Da Ma immer noch schweigt, fügt Belebele hinzu: »Du willst doch nicht weiter hinter den Weißen herputzen?«

»Ich bin noch nicht so verrückt, dass ich aufhöre zu arbeiten! Heute machen die Männer nichts mehr für die Frauen! *Foyi tɛ baara bo!* Du musst selbst arbeiten!«

Die erste Begegnung zwischen den künftigen Eheleuten hatte ein paar Monate davor in einem Wohnblock der Banlieue stattgefunden. Auf Anraten von Belebele hat Ma sich entschlossen, einen Marabut um Rat zu fragen. Sie möchte die Zukunft wissen und mich zum Gehorsam zwingen. Ich sage zu allem »Nein« und zu selten »Okee.« Mein Verhalten beunruhigt sie so sehr, dass sie einen Spezialisten aufsucht, der gleichzeitig Therapeut, Wahrsager, Heiler und Zauberer ist. Wenn einer ernst genommen werden will, muss er mindestens diese Fähigkeiten auf sich vereinen. Mas Plan bringt mich zum Schmunzeln, aber sie nimmt das sehr ernst: »Das ist mein Brauchtum. *I fari lajɛ, a kana k'i kɔnɔ k'i ye tubabu ye. Farafin de y'i ye!* Guck auf deine Farbe, denk nie, dass du eine Weiße sein kannst. Du bist schwarz wie Kohle!«

Ma schleppt mich nicht zum ersten Mal zu einem Wahrsager, Heiler und Zauberer. Nichts kann sie hindern, die Wissenschaft der Weißen und der Schwarzen miteinander zu verbinden, wenn die Situation es verlangt. Aber Ma tut dies vor allem, um uns vor dem Zauber zu beschützen, den böswillige Menschen über uns werfen. »*An juguw ka ca, f'an ka yɛrɛ tanga.* Wir haben viele Feinde. Die Medikamente der Weißen richten nichts aus gegen die Krankheiten der Afrikaner.« Ma vergewissert sich, dass ich nach jedem Besuch bei dem Spezialisten die Vorschriften einhalte: »Du musst dich mit dem Mittel drei Tage lang waschen. Dann unter die Dusche. Und nicht mit dem Handtuch abtrocknen. Das darf nicht schiefgehn, verstanden? *Tulon kɛ tɛ.* Ist kein Spiel.«

An jenem Tag der Begegnung werde ich von Ma und Belebele begleitet. Wir warten mit anderen Patienten in einem kahlen Raum, bis wir an der Reihe sind. Der Behandlungsraum ist in einem Schlafzimmer. Beim Eintreten sehe ich einen Mann von normalem Aussehen, wäre da nicht der ungeheure Mund, der fast sein ganzes Gesicht auffrisst. Ich erinnere mich an nichts von dieser ersten Begegnung, außer wie er mich mit einem zurückhaltenden Lächeln fragt: »Und wenn ich deine Mutter heirate?«

Die Ehe wird nach islamischem Brauch am 28. Oktober 1995 geschlossen, so steht es in dem Auszug aus dem Standesamtsregister. Ma wird die Frau Nummer drei. Die Ferne der ersten beiden Ehefrauen erleichtert es, die Polygamie hinzunehmen. Filelikela tritt eines Abends fast überraschend in unser Leben. Koroke und ich sind schon im Bett, Ma reißt uns aus dem Schlaf, wir sollen aufstehen und ihn begrüßen. Wir drücken ihm die Hand und machen auf der Stelle kehrt. Im Flur frage ich meinen Bruder:

»Es ist so weit, er ist da! Was hältst du davon? Denkst du, sie knallt uns ein Blag hin? Was für 'ne Scheiße!«

»Weiß nich. Du hast ihn gesehn. Keine Lust zu reden.«

Wie immer hat Koroke schon genug von einem Gespräch, das kaum begonnen hat. Er ist ein Schweiger. Jedes gesprochene Wort ist für ihn schon zu viel der Anstrengung. Um ihn zu schonen, bleibe ich still, aber ich kann nicht mehr einschlafen bei der Idee, dass sie noch ein Kind bekommen könnte. Siebzehn Jahre Unterschied, »is einfach *sehr* viel!«

Filelikela

Der Wahrsager

Filelikela hat in Afrika das Wahrsagen gelernt. Er ist der Nachkomme einer langen Stammlinie von Zauberern und Heilern, aber unter seinen zahlreichen Geschwistern hat nur er die Gabe geerbt. Schon als Kind hat er sie ausgebildet, an der Seite eines *karamogo*, eines Lehrmeisters, der ihn in die Kunst des Wahrsagens einführte. Dort lernte er, mit den Geistern Zwiesprache zu halten, dem bösen Zauber entgegenzuwirken oder das Gegenteil, nämlich jemanden zu verhexen. Er lernte, wie man auf ein günstiges Ereignis hinwirkt oder wie man ein Unglück abwendet. Der *karamogo* hat ihn mit den Pflanzen vertraut gemacht, so dass er ihre gute aber auch ihre schädliche Wirkung auf den Menschen kennt. Als Filelikela erwachsen und seine Ausbildung abgeschlossen ist, schickt sein Lehrmeister ihn weg: »*I bɛ se ka taa!* Du kannst gehen!«

Filelikela beginnt in Mali mit seiner Tätigkeit, aber er hat in Frankreich bessere finanzielle Aussichten. »*Faransi ka wusa baarako la!* Frankreich ist zum Arbeiten besser!« Durch seine Heirat mit Ma kommt er von der Banlieue in die Stadt, denn die Pariser Patienten begeben sich, selbst in der Not, nur ungern in die Vorstädte. Das Gerücht von seiner Niederlassung verbreitet sich rasch durch Flüsterpropaganda. Unser Mietshaus wird sofort mit Beschlag belegt. Die Klienten bilden ständig, von morgens bis abends, eine Warteschlange, die sich häufig bis in das Treppenhaus und manchmal mehrere Stockwerke hinunterzieht. Am Freitag und Sonntag ist es ruhiger, denn an diesen beiden Tagen wird das Wahrsagen nicht empfohlen, da die Geister sich nicht klar ausdrücken. »*Juma don ni sibiri don filɛli man ɲi!* Freitag und Sonntag ist die Seherei nicht gut.« Die Fragen der Klienten unterscheiden sich nicht sehr, ob arm oder reich, sie haben eine große Zahl von Beschwerden und Erwartungen: das Herz des geliebten Wesens zu gewinnen, oder seine Rückkehr, die Heilung von einer Krankheit, ein Diplom zu erwerben, eine Arbeit zu finden, ein schwieriges Kind zu bändigen, einen Feind loszuwerden, Ruhm und Reichtum zu erlangen ...

Mein Zimmer wird beschlagnahmt, es soll als Behandlungsraum dienen, mein Bett wird zu einem Sofa für Leute, die nicht auf dem Boden sitzen wollen. Filelikela lässt sich im toten Winkel des Zimmers nieder, wo mehrere geflochtene Matten übereinandergelegt sind. Darauf sitzt er mit ausgestreckten Beinen oder im Schneidersitz, den Rücken an die Wand gelehnt. Neben seiner rechten Hand ist in Reichweite ein Häufchen Sand, unerlässlich, um mit den *jinɛ,* den Geistern, Kontakt aufzunehmen. Filelikela greift ein wenig davon und gibt es dem Patienten in die Hand, während dieser ihm seine Sorgen in Form einer Frage anvertraut. Filelikela empfängt den Sand wieder von ihm, beginnt mit dem Rezitieren zahlreicher Sprüche, was er in regelmäßigen Abständen mit ein wenig Spucken unterbricht, wonach er den Sand auf das Häufchen wirft. Dann zeichnet er mit dem rechten Zeigefinger Striche in den Sand, dann andere und schließlich wieder andere Striche. Die Deutung der Zeichen dauert mehr oder weniger lang. Alles hängt davon ab, wie deutlich die Antwort der *jinɛ* ist. Manchmal muss der Seher weitere Nachforschungen anstellen, um zu einem Schluss zu kommen. Er setzt dann die Befragung auf einem Blatt Papier fort: »*A ka ɲi, i bɛ se ka taa!* Es ist gut, du kannst gehen.« Schwierig wird es, wenn er die Unterredung mit den Worten abschließt: »*An ka to Ala bolo!* Lassen wir die Sache in den Händen Gottes.«

Da ich irgendwo schlafen muss, teile ich das Zimmer mit Koroke. Das Zusammenleben ist nicht einfach:

»Keine Unordnung in meinem Zimmer.«

»Okee, ich hab aber keinen Schrank.«

»Nicht mein Problem!«

Koroke redet immer noch nicht mehr, er sieht keinen Sinn darin, sich zu unterhalten.

»Lauter Bekloppte! Hast du die ganzen Leute gesehn? Sie sind überall.«

»Geh weg, keine Lust zu reden.«

Außer der Kundschaft finden auch einige Männer in unserer Wohnung Unterschlupf. Offiziell sind wir zu viert, aber die Wirklichkeit sieht ganz anders aus. Es gibt drei Sorten von Besetzern: die Dauer-, die Pensionsgäste und die gelegentlichen Gäste. Die erste Sorte kommt fast täglich zum Palavern. Die zweite wohnt bei uns, die letzte kommt bei Bedarf.

Die Pensionsgäste sorgen zum Ausgleich für Unterkunft und Verpflegung dafür, dass es dem Herrn des Hauses an nichts fehlt. Zu Anfang sind sie meist vielversprechend, aber sie lassen schnell nach, ohne jedoch die Wohnung zu verlassen. Ihre Zahl schwankt, aber es gehört zu den Regeln, jeden aufzunehmen, der um Unterkunft bittet. Ma will keinen hinauswerfen: »*Min kɛra n la, n tɛna o kɛ mɔgɔ la.* Ich wurde abgelehnt, das tu ich niemandem an.« Manchmal fehlen Matratzen, dann schlafen die zuletzt Gekommenen auf dem Fußboden. Eines Morgens sagt Koroke, während er sich einen Weg zwischen den Liegenden bahnt: »Jetzt sind wir hier das Wohnheim!«

Ma weist ihn sofort zurecht: »*I da tugu!* Halts Maul! Is mein Haus. Ich mach was ich will. Wenn's dir nicht passt, da die Tür.«

Die Leute sitzen jeden Abend im Wohnzimmer. Wochenlang schenkte ich ihnen keine Beachtung, wenn ich mich dort niederließ. Ma sah mich wortlos und erstaunt an. Auch mit ihr sprach ich nicht mehr, die Stummheit zeigte meine Missbilligung für eine Situation, die alles Vorstellbare überstieg.

»Der Mann, das geht noch. Aber alles andere, *an an.*«

Am Ende siegte die Neugier über meine Ablehnung. Afrika kam zu mir mit seiner Geschichte, seinen Sitten und Gebräuchen. Ich habe nie mehr so gut Bambara gesprochen wie zur Zeit der »Belagerung« unserer Wohnung.

Mein Bruder hingegen sucht wie gewohnt Zuflucht in seinem Zimmer. Unseren Gästen ist das recht, sein Schweigen ist ihnen unangenehm. Die wenigen Male, die er bei uns sitzt, mischt er sich nie in das Gespräch. Er antwortet »ja« oder »nein« oder bestenfalls »weiß nich«. Die Leute halten es nur schwer aus, nicht zu wissen, was er denkt, trotz ihrer vielen Fragen. Manche zweifeln sogar: »*A bɛ se kuma la?* Spricht er?« Oja, mein Bruder verwirrt jeden mit seiner Gleichgültigkeit! Zumeist ziehen sie für sich die Schlussfolgerung, dass der junge Mann, den seine Freunde »Verrückter Hund« nennen, eher zurückhaltend als feindselig ist. Danach kann sich jeder wieder erleichtert den eigenen Angelegenheiten zuwenden; der Zusammenhalt der Gruppe ist gesichert und das ist schließlich das Wichtigste.

Eines Nachts, während ich tief schlafe, bindet Koroke ein paar meiner langen Zöpfe, die mir bis zur Taille reichen, an einem Pfosten des Etagenbetts fest. Dann schreit er: »Schnell, du bist zu spät dran für die Schule!«

Zu den Schmerzen kommt hinzu, dass ich bei diesem brutalen Wecken auch noch eines oder zwei der Zöpfchen über der Stirn verliere. »Hau ab, das macht man nicht.«

»Du hast keinen Humor.«

Kunkow

Die Schwierigkeiten

In einer anderen Nacht stört mich wieder etwas im Schlaf. Schon seit fünf Minuten kratze ich mich wie wild an den Unterarmen und den Füßen: »Verdammt, das juckt!«

Ich beuge mich hinunter zu meinem Bruder, der im unteren Etagenbett schläft.

»Hast du auch Pickel?«

»Ja. Irgendwie.«

»Sieht komisch aus. Das sind doch keine Mückenstiche?«

»Weiß nich.«

Nach zwei Tagen ist mein ganzer Körper übersät, ich weiß immer noch nicht, wo sie herkommen.

Eines Abends sitzen wir wie so oft im Wohnzimmer zusammen. Filelikela betreibt seine Geschäfte, als ein winziges Insekt sich auf der Hand von Baaraden, seinem engsten Mitarbeiter, niederlässt. Baaraden vergisst darüber die seiner Stellung entsprechende Zurückhaltung und gibt einen spitzen Schrei von sich: »Wie eklig! Was ist denn das?« Er fängt das Ding vorsichtig ein, betrachtet es genau: »Es ist ein Floh!« Das Tierchen ist aus einem Wandteppich heruntergefallen, auf dem die Kaaba abgebildet ist, um sie herum betet eine dichtgedrängte Menge weißgekleideter Pilger auf den Knien, mit dem Kopf am Boden. Da wir uns die Reise zur Heiligen Stadt nicht leisten können, zu der jeder gute Muslim mindestens einmal im Leben pilgern sollte, kommt Mekka zu uns. Unsere Pensionsgäste geben keinen Kommentar ab und imitieren so das unbeteiligte Verhalten Filelikelas. Mich bringt die plötzliche Aufregung zum Schmunzeln, sie belebt einen Abend ein wenig, der es nötig hat. Außerdem zeigt es Baaraden in einem neuen

Licht: Er ist viel zu nett, um ehrlich zu sein. Er hat sich unersetzlich gemacht, indem er jederzeit verfügbar war und manchmal den Bedürfnissen seines Herrn sogar vorauseilte. Hinzu kommt, dass er sich jedesmal auf Mas Seite stellt, wenn wir uns streiten. Er meint, sein Status als Erwachsener gäbe ihm das Recht dazu. Egal, was passiert ist:

»Gehorche!«

»Was jetzt ...«

»Du erwartest wohl nicht, dass ich dir recht gebe und deiner Mutter unrecht? Du dürftest nicht einmal mit ihr diskutieren. Geschweige denn, dich ihr widersetzen. Ob sie recht hat oder nicht, sie ist die Erwachsene. Im übrigen sagt man nicht ›was‹ sondern ›wie bitte‹«.

»Was jetzt!«

Baaraden kann mich zurechtweisen, weil er das Französische des weißen Kolonialherrn perfekt beherrscht. In Mali war er Schullehrer gewesen, aber das hatte ihm nicht gereicht. Er ging auf Wanderschaft wie so viele vor ihm. Mit den üblichen Erfahrungen. In Frankreich verliert er bald seine Illusionen, jahrelang bekommt er nur minder qualifizierte Arbeit. Jetzt ist er arbeitslos mit wenig Hoffnung auf eine Stelle wegen seines »hohen Alters«. Wenn einer mit Schaufel und Kelle umgehen soll, ist knapp über Fünfzig für die Arbeitgeber abschreckend. Da beginnt Baaraden eine Umschulung auf das Fach von Filelikela. Er macht eine Ausbildung zum Seher. Ohne es zu wissen, beteiligt sich Baaraden an der Pflege der französischen Sprache. Ich habe selten eine Person getroffen, die über einen so reichen Wortschatz verfügte, auch nicht bei den Weißen.

Ma beeilt sich, das Insekt genauer zu betrachten. Sie ist in Sorge um ihren Ruf einer guten Hausfrau. Verdrossen stellt sie fest, dass Baaraden recht hat. Das ist der Dank für die große Mühe, die sie sich gibt, um die Wohnung sauber zu halten. Sie steht jeden Tag frühmorgens auf, um wieder

Ordnung zu schaffen, bevor sie zur Arbeit bei den Weißen aufbricht. Ihre Aufgabe wird ihr durch die Belagerung des Bodens zusätzlich erschwert. Der Grad ihrer Verstimmung bemisst sich an diesen Anstrengungen und an ihrer traditionellen Erziehung, die sie mir regelmäßig in Erinnerung ruft: »*Bugɔya ɲɔgɔn tɛ!* Sauberkeit, das ist sehr wichtig!«

Die Flöhe sind wohl mit den Hennen und anderem Geflügel ins Haus gekommen, die Filelikela für seine Seherkunst braucht. Unsere Wohnung ist wie ein Ableger des Hühnerhofs der Landwirtschaftsmesse: außer Hennen gibt es Perlhühner, manchmal Gänse, Puten ... Die Klienten bringen sie als Opfergaben für die *jinɛ*. Sie hoffen so die Unterstützung der Geister zur Bewältigung ihrer Schwierigkeiten zu gewinnen. Sie opfern auch Lebensmittel: Milch, Wasser, Hammelfleisch, Fisch, Kolanüsse, Knollenfrüchte und Münzen ...

Alles Essbare wird gemeinsam verzehrt, außer die *jinɛ* bestimmen es anders. Der Geber erhält zum Austausch *dugawus*, Segnungen: »*Ala k'i ka sarakaw minɛ!* Gott möge deine Opfergaben annehmen.« Häufig belagern die Frauen am Sonntag die Küche und bereiten unter fröhlichem Stimmengewirr die Gerichte zu. Jeder Versuch eines Mannes einzudringen, wird unter Schreien und Lachen verhindert: »*A ye to kɛnɛma!* Ihr bleibt draußen!«

Die übriggebliebenen Lebensmittel werden wieder verteilt. Manche geben ohne Bedenken Bestellungen auf: »*Syɛ fila bila kɛrɛfɛ!* Leg mir zwei Hähnchen auf die Seite! Ich komme sie nachher abholen oder schicke das Kind.« »Für mich zwei Hammelkeulen!«

Alle finden kostenlos einen gedeckten Tisch – »*Waribɔ t'a la!* Man muss nichts ausgeben!« – oder die Möglichkeit, ihr geringes Budget auszugleichen.

Nicht selten unternimmt ein Geflügel, dessen Beine nicht richtig zusammengebunden waren, eine Hausbesichtigung. Da ich dafür nicht verantwortlich bin, rufe ich Ma oder einen Dauergast, damit sie mich von dem Flüchtling befreien. Aber einmal flieht eine Henne durch das Fenster. Die lärmende Schar der Gören im Innenhof der Siedlung nahm die Verfolgung auf und brachte sie dann herauf zu uns. Ich hörte von dem Ereignis, als ich aus der Schule kam:

»Haltet ihr da oben Hühnchen? Wir haben vorhin deiner Mutter eins zurückgebracht.«

»Scheiße!«

Ihre Augen richten sich die nächsten paar Tage hinauf zum vierten Stock in der Hoffnung, dass noch einmal ein Geflügel den großen Sprung wagt. Als ihnen das Warten zu lang wird, bitten sie mich, ich soll eines hinunterwerfen, um für ein wenig Stimmung zu sorgen.

»Nein!«

Auf diese Weise werde ich vor aller Augen zur Tochter des Marabuts. Warum ist Filelikela kein Müllmann? Was ist schon Besonderes an einem schwarzen Müllmann?

Denn Filelikela bietet Stoff für die Gespräche und die Phantasien der Nachbarn und vieler anderer Leute. Ihr Verhalten reicht von Misstrauen bis zur Unterwürfigkeit, wegen ihrer Angst vor dem bösen Zauber halten sie ihre Beschwerden zurück, einige von ihnen werden sogar eifrige Klienten. Ein Mann besiegt jedoch seine Furcht, verhext zu werden, und klopft eines Morgens an unsere Tür: »Die Leute und der Lärm, das geht noch. Aber beim Schlagen eurer Uhr, da hört es auf. Sie müssen verstehen, ich brauche meinen Schlaf!«

Tatsächlich hatte Ma die gute Idee gehabt, eine Uhr zu kaufen, bei der jede Stunde ein Hahn kräht.

Teriya!

Die Freundschaft!

Wenn man stets wissen will, wo die Kinder sind, ist die beste Methode, sie zu Hause zu halten. Ma sorgte dafür, dass alle zu uns kamen, indem sie ihre Tür für meine Schulkameraden weit öffnete. Ob Mädchen oder Jungen war nicht so wichtig, Hauptsache, sie behielt uns im Blick: »*To so, i k'i lafiya dɔɔnin!* Du bleibst zu Hause und ruhst dich ein bisschen aus.«

Aber seit Filelikela bei uns wohnt, treffe ich mich mit meinen Freunden lieber woanders. Die Schwarzen kann ich schon noch einladen. Aber es gibt auch zwischen den Schwarzen Unterschiede. Die von den Inseln scheiden aus, sie sind zu weiß im Kopf. Weiße sind völlig ausgeschlossen! Eigentlich habe ich nicht viele Weiße als Freundinnen, außer einer, die Weiße ist meine beste Freundin.

Sie ist blond und riecht gut nach Waschmittel. Ihr Vater mag die Schwarzen nicht, die Araber noch weniger, aber sie ist nicht wie er. Die Weiße holt mich morgens ab für den Schulweg, zunächst zum Collège, später zum Lycée. Mittags essen wir zusammen ein nicht sehr abwechslungsreiches Menu: Steak mit Tiefkühlfritten, Omelette mit Fritten oder aber *alobo* mit Fritten, schön in viel Erdnussöl schwimmend.

Die Freundin erkundigt sich bei mir, warum ich unser Ritual ohne weitere Erklärung aufgegeben habe:

»Wir waren schon lange nicht mehr bei dir!«

»Da isses Kacke!«

»Was ist los?«

»Vergiss es!«

»Los, sag's schon du Clown.«

»Red anständig mit mir! Es ist wirklich Kacke dort! Ich hab dir erzählt, dass meine Mutter geheiratet hat. Ja und mein Stiefvater hat einen bekloppten Job. Und bei uns sind jetzt lauter Bekloppte.«

»Jetzt erzähl doch mal!«

»Mein Stiefvater ist Marabut. Seit einem Monat ist bei uns diese Kacke. Echt Kacke! Du kannst mal kommen und es dir angucken.«

Wir verabreden uns zur Mittagszeit bei mir. Den Weg dorthin legen wir in für uns ungewohntem Schweigen zurück. Einige Klienten warten unten vor dem Haus, wir gehen wortlos an ihnen vorbei, der Treppenabsatz im vierten Stock ist gepackt voll. Die Weiße beginnt zu verstehen. In die Wohnung vorgedrungen, bahnen wir uns einen Weg in die Küche, wo die Viecher sind.

»Scheiße, lauter Bekloppte! Nur Bekloppte! Ganz heiß!«

»Okee, echt bekloppt. Aber du hältst die Klappe. Ich werd schon nicht damit fertig und ich hab keine Lust, dass man mich damit noch volllabert.«

»Und dein Stiefvater, macht der bekloppte Sachen?«

»Weiß nich. Ich weiß nur, unsere Bude ist vollgepackt, also läufts wohl gut. Auf der anderen Seite sind es alles Sozialfälle.«

»Aber was macht dein Stiefvater denn?«

»Er sagt die Zukunft voraus, er behandelt Krankheiten, gibt Rat, hört zu ... Keine Ahnung.«

»Kann ichs ausprobieren?«

»Du bist echt ne Bekloppte!«

Die Weiße hat mit meinem neuen Leben kein Problem. Ihre Anpassungsfähigkeit wundert mich. Ihre Neugier ist unbeschreiblich. Sie interessiert sich für alles, was Filelikela angeht und fragt sogar Ma aus. Genau genommen sind ihre

Erkundigungen nicht so überraschend. Die Weiße hat schon lange viel mehr Interesse an den Schwarzen und ihrer Kultur gezeigt als ich. Wahrscheinlich stehen wir uns so nah, weil wir beide ein ähnlich schwieriges Leben haben. Jede sucht in der Freundin ein Anderswo, das sie idealisiert. Unsere Verschiedenheiten ergänzen sich: sie hat blonde, ich habe braune Haare. Sie mag Schwarze, ich mag lieber Weiße ...

Die Weiße interessiert sich bald genauer für Filelikelas Praktiken. Sie will von mir grünes Licht.

»Kann er nach deiner Ansicht für mich jobben?«

»Ja, warum?«

»Ich hab kein Geld.«

»Das lässt sich regeln.«

»Vielleicht macht er komische Sachen mit dir. Wenn du willst, gehe ich mit.«

Sie hat den Plan, ihren tyrannischen und gewalttätigen Stiefvater loszuwerden. Die Weiße will, dass er aus ihrem und zugleich aus dem Leben ihrer Mutter verschwindet.

Die ersten Anzeichen sind vielversprechend. Ihre Eltern streiten nur noch und sprechen sogar von Trennung. Aber die Weiße hat zu wenig Durchhaltevermögen und bricht die Behandlung ab. Vielleicht wiegen die Schuldgefühle zu schwer. Schließlich gewöhnt man sich mit der Zeit an das Schlimmste. Manchmal liebt man am Ende sogar den Verursacher seiner Leiden.

Für meine übrigen, meist schwarzen Freunde ändert sich nicht viel! Außer dass sie ihre Sätze häufig mit »Was meinst du?« beginnen. »Was meinst du, wird das Wetter heute schön?« »Was meinst du, ist die Lehrerin heute da?« »Was meinst du, bekommt er sie?«

»Was meinst du, liebt er mich?« Sie denken offenbar alle, dass durch den Kontakt mit Filelikela seine Gabe auf mich übergegangen ist. Meine Antwort ist immer die gleiche:

»Keine Ahnung.« Sogar wenn ich es weiß, sage ich nichts. Am Ende sind sie alle der gleichen Meinung: »In echt, du bringst es nicht!« »Maul halten. Dein Alter kommt auch.«

Unter solchen Bedingungen entstehen unauflösliche Freundschaften. Der neue Nachbar auf dem gleichen Stockwerk ist ebenfalls aus Mali. Offenbar finden die Vermieter von Sozialwohnungen, dass der Alltag reibungsloser verläuft, wenn sich die Nachbarn auch kulturell nahestehen. Ein wenig wie im Wohnheim für Arbeiter. Nur dass in diesem Fall die Weißen die Zusammenlegung organisieren. Und eine noch größere Überraschung, der Mann ist kein anderer als der jüngere Bruder von Mas Freundin aus der Kindheit! Die beiden Frauen waren in benachbarten Dörfern aufgewachsen. Schon öfter hatte Ma mir eine Geschichte erzählt, die sie jedesmal zum Schmunzeln brachte. Als sie noch Kinder waren, hatten sie einmal ein Baby fast ertrinken lassen, auf das sie aufpassen sollten. Sie hatten nicht widerstehen können, im Fluss zu baden. Das am Ufer abgelegte Kleine rutschte ins Wasser. Es wurde unversehrt herausgezogen, aber die beiden Mädchen hatten einen Riesenschreck und eine Tracht Prügel davongetragen.

Der neue Nachbar schlug vor, ich solle seine Nichte kennenlernen: »Ihr seid im gleichen Alter, ihr werdet euch sicher gut verstehen.« Am folgenden Sonntag kam sie. Sie musste lange inmitten der Kundschaft im Wohnzimmer warten. Ich schlief noch und hatte nicht vor aufzustehen, bis meine Mutter mir energisch die Bettdecke wegzog und mich rauswarf. Mas Toleranzschwelle war durch mehrmalige vergebliche Versuche schon angegriffen. Es gab bei ihr eindeutige Stimmlagen, die mich unverzüglich gehorchen ließen. In einem solchen Fall schreit Ma nicht mehr. Sie kommt mit ihrem Gesicht nah an das meine und zeigt, ohne den

Blick von mir zu wenden, mit ihrem Zeigefinger zwischen meine Augen. Dann befiehlt mir Ma mit zusammengebissenen Zähnen, jede Silbe einzeln betonend und mit einem Schimpfwort zum Abschluss: »*I ju ta ka wili sisan. Fugariden in!* Beweg sofort deinen Arsch. Kind eines Bescheuerten!«

Diese Einschüchterung wirkt beinah jedes Mal. Schon lange haut Ma nicht mehr drauf. »Sind sie größer bringts nichts mehr, zu spät!«

Es ist vor allem die Furcht vor dem einseitigen Palaver, die mich zwingt, ihr zu gehorchen. Mas Mundwerk war unerschöpflich. Einige Kinder von Bonnier hatten sie Raggamuffin getauft, so sehr konnte ihr Wortschwall beeindrucken. Lieber den restlichen Schlaf verloren geben, um mir das zu ersparen.

Seit der Ankunft der Besucherin waren gute zwei Stunden vergangen. Ich hatte gehofft, sie würde den Mut verlieren. Vergeblich! Sie klebte auf ihrem Stuhl und vor dem Fernseher. Mein erster Reflex, als ich sie sah: »Scheiße, sie ist auch noch schön. Warum ist sie nicht hässlich?«

Ein wundervoller Körper, schlank, mit einem Paar Brüsten …

Da ich nun aufgestanden war, wollte ich mir wenigstens die Beine vertreten! Die Rue d'Envierges, der Park von Belleville. Lalla, so hieß sie, nahm es mir nicht mal übel, dass ich sie so lange hatte warten lassen. Wir sind doch beide Afrikanerinnen! Die Afrikaner sind angeblich dafür bekannt, ein entspanntes Verhältnis zur Zeit zu haben. Sie war eine Plaudertasche. Die ganze Zeit, als wir zu zweit waren, redete sie:

»Weißt du, bevor wir in die Banlieue gezogen sind, haben wir weiter oben in eurer Straße gewohnt. Wir gingen ins Duschbad an der Place de l'Ermitage. Unsere Mütter sind zusammen aufgewachsen. Mein Vater hat deinen gut gekannt. Nachdem mein Onkel euer Nachbar ist, werden wir uns oft sehen. Außerdem überlässt er mir am Wochenende ab und zu seine Wohnung. Am Wochenende ist bei uns so viel los.«

»Wieso ist am Wochenende bei euch viel los?«

»Weißt du das nicht?«

»Was denn?«

»Meine Mutter arbeitet mit den Geistern. Ab Freitagabend kommen viele Leute und schlafen bei uns.«

»Ach, okee?«

Ihre Mutter, eine schöne zierliche Frau mit heller Haut und Ritualnarben an den Schläfen, schüchterte mich bei der ersten Begegnung ein, ohne dass ich eigentlich wusste warum. Bei den nächsten Malen war es das gleiche. Dabei setzte sie alles daran, dass ich mich wohl fühlte. Sie war liebenswürdig, sprach mit mir über meine Mutter, über meinen Vater, denn ihn hatte sie auch gut gekannt. Ich, die Vorlaute, hielt ihrem Blick nicht stand und schlug die Augen nieder. Ich hatte den Eindruck, sie könnte in mir lesen wie in einem offenen Buch. Es war ein unangenehmes Gefühl. Am Ende ist jedoch alles einfacher, wenn man nichts mehr zu verbergen hat.

Außer ihrer Arbeit als Haushälterin und ihren sieben Kindern war Lallas Mutter noch eine Spezialistin für die Geister: ein Medium zwischen den *jinɛ* und den Menschen. Die Menschen besitzen jeder einen Geist. Viele merken nichts davon, wenn beide Teile harmonisch zusammenleben. Manchmal stören der oder die *jinɛ*, denn man kann mehrere beherbergen, das Leben ihres Wirts. »*A ka jinɛ y'a sɛgɛn.* Sein Teufel nimmt ihn zu arg mit.« Dann greift die Spezialistin ein. Sie tritt in Kontakt mit dem anderen Teil und bringt ihn zum Sprechen, damit der Krieg zwischen ihnen aufhört.

Die Zeremonie, um die *jinɛ* herabzurufen, fand nach Sonnenuntergang bei fast vollständiger Dunkelheit statt. In dem großen Wohnzimmer, wo alle versammelt waren, forderten Gesänge auf Audiokassetten die Geister auf, herabzukommen und mit den Männern und Frauen der sichtbaren Welt zu kommunizieren. Die Besessenen reagierten unterschiedlich, wenn ihr Körper von einem Geist in Besitz genommen wurde. Alle saßen auf dem Fußboden. Einige wurden von einer wilden Trance ergriffen, sie hüpften, tanzten und wälzten sich auf dem Boden. Andere blieben ruhiger, hielten ihre Hände zwischen den ausgestreckten Beinen zusammengepresst und wiegten den Oberkörper nach vorn und nach hinten. Dann begann der Besessene zu sprechen, manchmal mit einer verfremdeten Stimme. An diesem Punkt nahm Lallas Mutter die Kommunikation in die Hand. Sie forderte den Geist auf, sich vorzustellen und brachte ihn zum Sprechen. Der *jinɛ* konnte sich an jeden der Anwesenden richten, seine Anliegen benennen und die Lösung dazu mitteilen. Nun mussten wieder die Geister gefüttert werden, genau wie bei Filelikela, um ihre volle Mitarbeit und Unterstützung zu sichern.

Wie mit der Weißen besiegelte eine Geschichte mit Hühnern meine Freundschaft mit Lalla. Auch Lalla bekam Lust, die Zukunft zu erfahren, vor allem ging es ihr um den Ausgang einer Prüfung. Filelikela hatte die Opferung eines Geflügels empfohlen. Ab nach Château-Rouge. Die Rückfahrt war aufregend. Die Henne begann sofort wild zu zappeln und erfüllte den vollgepackten Bus Nr 26 mit ihrem Gegacker. Ich ließ Lalla allein und setzte mich hinten in den Bus, hörte aber nicht auf, mich über sie lustig zu machen. Wir kürzten die Fahrt ab und legten den Rest zu Fuß zurück, beide geschüttelt von ununterdrückbaren Lachkrämpfen.

So tritt eine neue Familie in mein Leben – sechs Mädchen auf einen Jungen. Während meines Fachhochschulkurses wohnte ich mindestens zwei Tage in der Woche bei Lalla. Ich liebe sie alle. Lalla ist meine Schwester, die anderen sind meine Geschwister. Am Tag der Beerdigung meiner Mutter stand Lalla mir bei der Totenwaschung zur Seite. Wir setzen die Verbindung fort, die unsere Mütter in der Kindheit geknüpft haben.

Sɛgɛn

Die Müdigkeit

Was hat es für einen Sinn, alles zu wischen, wenn es gleich darauf wieder schmutzig wird? »Lass mich in Ruhe!« Ich verweigere stur die Beteiligung an den Arbeiten im Haushalt und jede längere Beschäftigung mit den Besuchern. Ma ist völlig erschöpft, da sie trotz der vielen Leute die Ordnung aufrechterhalten muss. Schrubben, Kochen, Übersetzen, bei den Weißen arbeiten ... und immer zu wenig Schlaf. Am Ende wendet sie sich an mich:

»*N sɛgɛnna! I ka kan n dɛmɛ ka du ladon.* Ich brauch Hilfe im Haushalt.«

»Och, nicht mein Problem. Frag Belebele. Statt alleinstehende Frauen zu verkuppeln, sollte sie sich überhaupt mehr um ihren Mann kümmern. Wenn die Katze nicht im Haus ist, tanzen die Mäuse.«

»He he, halts Maul. Das hab ich dich nicht gefragt.«

Es würde noch fehlen, dass ich mit meinem gut geschmierten Mundwerk eine Situation verschlimmere, die schon schwierig genug ist. Die Leute beklagen sich über Koroke und mich. Wir sind nach ihrer Meinung schlecht erzogen. »*U t'an bonya!* Sie haben keinen Respekt vor uns. Nicht mal ein Gutentag, sie wollen von uns nichts wissen. Sie halten sich vielleicht für Weiße.« Ma ist von der Kritik und der vielen Arbeit überlastet. Nach ein paar Tagen gebe ich nach, denn ich mag nicht, wenn sie unglücklich ist. In der Zeit, die mir nach der Schule und den Hausaufgaben bleibt, werde ich ihr helfen, die Besucher zu empfangen und ihnen Auskunft zu geben.

Am schwierigsten ist, darauf zu achten, dass die Reihenfolge eingehalten wird, sonst gibt es Palaver und Streitigkeiten. Die Leute kommen wegen ihrer Sorgen nervös und unruhig an, ein Nichts bringt sie in Rage. »*N kunkow ka ca.* Ich hab zu viel Probleme.« Manche Besucher warten nicht einmal, bis sie in der Abgeschiedenheit des Behandlungsraums sind, um ihr Herz auszuschütten, weinen, schluchzen und schniefen zwischen den Sätzen. Jedoch gibt es immer eine wohlmeinende Seele, die den Unglücklichen tröstet: »Mit der Hilfe Gottes wird sich alles regeln. Und der Marabut hier ist gut!«

Auch die Weißen haben Ärgernisse und suchen manchmal Rat. Einer von ihnen trägt einen Boubou, spricht Bambara und hat einen malischen Vornamen. Das gibt es nicht oft, einen *tubabu*, der Bambara spricht! Ich sitze im Wohnzimmer, mein Blick hängt am Fernseher, als ein Mann mich anspricht. Ich suche ihn unter den anwesenden Schwarzen, bevor ich meinen Irrtum bemerke: »Wo haben Sie die Sprache gelernt?« Ich stelle mir schon ein weißes Baby vor, das von Schwarzen adoptiert wurde, Vater und Mutter, beide mit Afrofrisur, beugen sich strahlend über eine Wiege mit einem pigmentlosen Neugeborenen. Aber so war es nicht, der *tubabu* hat zehn Jahre in Bamako gelebt. Er will sich dort niederlassen, um eine Import-Export-Firma aufzuziehen. Er will von Filelikela erfahren, ob das gut laufen wird. Er erzählt mir auch von seiner Liebe zum Land, dem Lebensstil, und dem *bobara ba,* dem attraktiven Hinterteil der *musow* von dort. Er richtet die Augen zum Himmel und legt die Hände zusammen, um dem Schöpfer dafür zu danken. Die zuvor schweigenden oder mit Wahrsagerei beschäftigten Anwesenden sind über die letzte Bemerkung geteilter Meinung.

»He, du musst Respekt vor uns haben!«, ruft eine Frau.

Andere, vor allem die Männer, stimmen ihm mit Gelächter zu. Wieder andere sagen:

»*Tubabuw tɛ maloya.* Die Weißen kennen keine Scham!«

Für die Ungeduldigen beginnt die Wahrsagerei schon im Warteraum. Die Männer und die Frauen werfen eifrig Kaurimuscheln, während sie warten, bis sie an der Reihe sind. Im Behandlungszimmer von Filelikela nimmt der Patient die kleinen weißen Muscheln in die hohle Hand, dann flüstert er sein Problem in die geschlossene Faust. Die Kauris werden an den Seher zurückgegeben, der seinerseits den Gegenstand des Kummers wiederholt und dabei die Muscheln in seiner Hand hüpfen lässt. Dann wirft er sie auf den Boden und die Interpretation der Figuren, die von den fallenden Muscheln gezeichnet wurden, kann beginnen. »*Jinɛw ye mun fɔ?* Was sagen die Geister?«

Glücklicherweise bleiben uns auch noch vertraute Momente, etwa wenn Ma am Sonntagmorgen meine Körperpflege abschließt. Aus dem Badezimmer brülle ich nach ihr:

»Ma, Ma!«

»*Mun kɛra?* Was ist los?«

»Kommst du?«

»Oh, ich hab keine Zeit! *N ka Baara ka ca.* Zu viel Arbeit!«

Aber am Ende kommt sie jedesmal. Sie reibt mir den Rücken mit dem *fu* ab, einem kleinen Ball aus Stroh. Immer wieder schlägt sie mir damit auf die Wirbelsäule.

»*Denmisɛnnin t'i ye tugun.* Du bist kein Kind mehr. Mach das selbst. Wie stellst dus an, wenn ich nicht mehr da bin?«

»Okee, aber jetzt ist mein Rücken sauber.«

»Das freut dich, was? *Jɛya ɲɔgɔn tɛ!* Sauberkeit, das ist gut!«

Bis Filelikela kam, schlief ich in Mas Bett. Jeden Abend kam ich aus meinem Zimmer und legte mich zu ihr. Mit meinen kalten Füßen streichelte ich ihre Waden. »He, lass mich in Ruhe. *N bɛ n sen fil'i ju ro!* Ich werf dir meinen Fuß in den Hintern. Hör auf oder du gehst wieder rüber.« Häufig erwachte ich mitten in der Nacht, um zu schauen, ob alles in Ordnung war. Ihr Schnarchen beruhigte mich. Wenn ich sie so eingehend betrachtete, wachte sie manchmal auf und starrte mich, wohl ein wenig erschrocken, an:

»*A kɛra di?* Was isn?«

»*Foyi!* Nichts. Kann nich schlafen.«

»Schluss damit. *Sinin, i bɛ sunɔg'i ka so kɔnɔ.* Morgen schläfst du in deinem Zimmer.«

So kämpfte ich am Tag gegen sie und in der Nacht bewachte ich sie. Am Tag war Ma stark, sie hielt allen Widrigkeiten stand. »*Foyi tɛ ba bo!*« Wie Ma immer zu sagen pflegte, wenn sie von Momuso sprach: »Die Mutter ist das allerwichtigste.«

Jamanjan

Die große Frau

Der Morgen ist schon weit fortgeschritten, als ich erwache, weil ich dringend pinkeln muss. Auf dem Weg zur Toilette will ich um jeden Preis vermeiden, irgendeinem Besucher zu begegnen, um so schnell wie möglich weiterschlafen zu können. Die Schwarzen reden zu viel, schon zur Begrüßung. Das ist endlos. Unmöglich, wieder einzuschlafen, nachdem ich ihre Höflichkeiten erwidert habe, wenn mir einer von ihnen über den Weg läuft:

»*Kor'i ka kɛnɛ?* Geht es gut?«

»*Tɔɔrɔ tɛ n na!* Es geht mir gut!«

»*I ba bɛ di?* Wie geht es deiner Mutter?«

»*Tɔɔrɔ t'a la!* Es geht ihr gut!«

»*I kɔrɔkɛ ka kɛnɛ?* Deinem Bruder?«

»*Tɔɔrɔ t'a la!* Es geht ihm gut!«

»*Lɛkɔli dun?* In der Schule?«

»*Baasi tɛ yen!* Es geht dort gut!«

»*Hamdoulillah.* Gott sei's gedankt ...«

Aber es läuft nicht wie geplant! Meine Beine geben unter mir nach. Mein Aufprall auf dem Boden ruft Besorgte und Neugierige herbei. »*Mun le ke ta?* Was ist passiert?« Eine Stimme dringt durch das Gewirr: »Ich verstehe nicht, warum diese Kinder abnehmen wollen.«

Die Frau, die so spricht, hat recht: ich hungere, um mein Kampfgewicht zu halten. Sie ist wohl Einsachzig groß und hat einen wunderschönen Körper. Sie bittet die anderen, sich wieder hinzusetzen. Sie hilft mir zurück ins Bett und geht, um mir eine Kalebasse mit Milch und ein halbes Baguette zu bringen, das reichlich mit Butter bestrichen ist.

»*Dumuni kɛ!* Iss!«

Jamanjan ist in den Dreißigern und im leichten Gewerbe tätig. Außer ihren schönen Formen hat sie eine helle Haut, auf die schwarze Männer stehen. Sie hellt ihren Teint mit Cremes noch auf, aber ihre Fingerknöchel und Ellbogen verraten den Trick. Sie ist im europäischen Stil gekleidet, um sich gegen Frauen im Boubou wie Ma abzugrenzen. In ihrer überheblichen Art nennt sie sie »Bäuerinnen«. Sie selbst kommt aus der Großstadt, aus Bamako. »*Aw wulakɔnɔmuso ninnu, aw tɛ foyi dɔn.* Ihr Frauen vom Land habt Ahnung von nichts.«

Jamanjans zahlreiche Besuche bei Filelikela haben nur das Ziel, ihre Macht der Verführung zu steigern. Ein Trank, eine Salbe oder ein Talisman, um die Männer noch mehr auszunehmen: ihre Reize gegen klingende und springende Münze. »*N bɛ wari dɔrɔn de kɔ.* Mich interessiert nur das Geld.« Die Geschäfte scheinen gut zu laufen. »*N ma dɛsɛ wari la.* Ich bin nicht arm.«

Ihr Lebensstil, zu dem sie sich offen bekennt, empört Ma im höchsten Grade. Wie kann man darauf stolz sein, dass man Geld mit Sex verdient? »*K'i ka sungurunbaya gansi fan bɛɛ fɛ, hal'o maloya t'ila. Kabako!* Damit anzugeben, dass sie eine Prostituierte ist. Sie schämt sich nicht mal dafür. Unmöglich!«

Mas viele Aufforderungen zur Zurückhaltung haben keine Wirkung: »*A diyara aw ye o, a ma diya aw ye o,* egal! *Min ka di n ye, n b'a fɔ'.* Was mir gefällt, sage ich, auch wenn es euch nicht passt.« Jamanjan schert sich nicht darum, was Ma und alle anderen denken. Sie steht zu ihrem Leben, auch wenn sie es zunächst nicht selbst gewählt hat. »*Bɛɛ n'i nakan!* Keiner entkommt seinem Schicksal.«

Alles begann mit ihrer Unfruchtbarkeit, darauf folgte die Verstoßung durch ihren Mann. Wer will schon eine Frau, die keine Kinder bekommen kann? Welche andere Rolle kann eine Frau ausfüllen, als den Stammbaum ihres Mannes zu verlängern? Jamanjans Glück war endgültig vorbei, als ihr Gatte eine weitere Frau heiratete: Ein Mann braucht unbedingt Nachkommen. Durch die neue Ehe stellt sich heraus, an wem die Unfruchtbarkeit lag, denn die Neue schenkt ihm bald einen Stammhalter. Jamanjan war eindeutig schuld! Damit ist die Schöne abgemeldet. Sie sucht lieber das Weite als die Erniedrigung durch die Andere mit dem fruchtbaren Bauch ertragen zu müssen.

Jamanjan prostituierte sich schon in Afrika und setzte dies in Frankreich fort. Es ist ihre Revanche, sie nimmt den Ehefrauen ihre Männer für die Zeit einer Umarmung weg. Es geniert sie auch nicht, ihnen das offen zu sagen: »Ihr glaubt, eure Männer sind euch treu? *A y'o b'aw hakili la sisan.* Könnt ihr sofort vergessen.«

Aber was sollen die Ehefrauen denn tun? Eifersucht nützt nichts, Zorn ebensowenig. Schlimmer als die Untreue ist das fehlende Geld. Ihre Männer geben ihren bescheidenen Lohn aus, wenn sie bei der Arbeit sind, man weiß nicht wo und wofür. Wie einen Haushalt führen, wenn immer zu wenig Geld da ist? Und wenn man für jede Münze lange palavern muss? Nun werden sie auch noch von einer Prostituierten beleidigt, die ihren Männern das Geld aus der Tasche zieht. Die Ehefrauen hassen Jamanjan auch deshalb, weil es ihr gelingt, was ihnen nicht gelingt, nämlich die Begierde ihrer Männer zu wecken. »*Nin muso sugu ninnu ye du cilaw de ye.* Solche Frauen machen Familien kaputt!« Sie selbst wollen sich nicht mehr unterkriegen lassen! Immer mehr von ihnen arbeiten für den eigenen Unterhalt. »*An yɛrɛ bɛ baara kɛ ka wari sɔrɔ!* Wir gehen arbeiten, um unser eigenes Geld zu verdienen. *Dogoya.* Schluss damit!«

Mein Interesse an Jamanjan passt Ma überhaupt nicht.

»Du sollst nicht mit ihr reden. Sie ist niemand Anständiges.«

»Na und?«

»Was soll ich nur mit dir machen? *Boda bilen!* Ihr könnt von Glück sagen, dass ich noch lebe.«

»Was soll das heißen?«

»Ihr wärt längst im Dreck, wenn ich gestorben wäre. Ein Mann kann immer wieder neu anfangen. Ihr wärt seiner neuen Frau ausgeliefert gewesen. *Foyi tɛ ba saya bɔ!* Nichts Schlimmeres als der Tod der Mutter.«

Auf diese Weise erfahre ich, dass Baba noch eine weitere Frau heiraten wollte. Der Tod hat diesem Plan ein Ende gesetzt. Ich frage mich: Warum dieser Drang nach immer mehr? Er hatte schon vier Kinder, wieviele brauchte er noch? Mit welchem Geld wollte er für den Unterhalt dieser neuen Familie aufkommen? Wo sollten sie wohnen? Vielleicht hatte er vor, das einzige Zimmer der Wohnung mit einem Vorhang zu unterteilen, wie die anderen Männer? Jede Frau in ihrer Ecke und Baba wäre von der einen auf die andere Seite des Tuchs gegangen, je nach seinen Gelüsten. Wie verzweifelt musste die Verlassene sein, wenn sie die Lust der anderen hörte, die ihr der Ehemann schenkte, den sie sich nicht immer gerecht teilten. Warum war mein Vater, der sich im europäischen Stil kleidete, nicht fähig, mit der Tradition zu brechen? Baba hatte mindestens mit einer Weißen ein Verhältnis gehabt, einer gewissen Jeanne. Und er wollte sich nicht unterordnen, das schreibt jedenfalls eine seiner Verwandten in einem Brief. Lange nach seinem Tod habe ich die Briefe der beiden Frauen in seiner braunen Ledertasche gefunden.

Jeanne an Baba:

Paris, 29. März 1978

Mein Lieber! Guten Tag!
Ich bin traurig, dass ich Dich Freitag an der Porte Maillon nicht getroffen habe. Ich hatte Dir doch gesagt, dass ich die Kinder hüten muss und dass ich nur weg kann, wenn ihr Papa und ihre Mama da sind. Manchmal sagen sie, sie wären bald zurück und kommen doch spät. Ich muss immer auf sie warten, habe also abends nicht zu einer festen Zeit frei, aber Du hättest wenigstens bis zehn vor 9 wenigstens auf mich warten können. Warum hast Du nicht gewartet? Wenn Du diesen Brief erhälst, möchte ich Dich dann sicher Samstag um 3 Uhr vor meiner Tür am Boulevard Pereire Nr 209 treffen. Ich komme runter und wir gehen ein bisschen spazieren. Brauchst nicht rauf zu kommen, ich werde da sein.

Jeanne

Alima an Baba:

Bamako, 2. April 1980

Lieber Sagui,
An Sie Nachricht von mir und um von Ihnen zu hören.
Ich habe Ihren Brief erhalten. Er hat mich nicht gefreut, denn der Inhalt gefiel mir nicht. Aber Gott allein ist Herr über alles. Die Operation von Massiré macht mir Sorgen, aber Gott will es so. Du musst Dich unterordnen und Dich mit Deinen Kollegen verstehen, denn Ihr seid nicht in Eurem Land. Vor allem ist es hart dort, wo Ihr seid. Bei mir geht es viel besser. Der Brief wird vom großen Bruder von X mitgenommen. Setz alles dran, ihn zu treffen, sie sind vom gleichen Vater und gleicher Mutter.
Sag mir wie es Massiré geht.
Ich segne Euch. X grüßt Euch. Einen Gruß an alle Kinder.

Von Alima
In Bamako BP 160
Malima G.

Nachdem ich die Briefe gelesen hatte, wollte Ma wissen, was drinstand: »Ist das eine seiner alten Freundinnen?« Ich schwieg, man muss nicht über alles reden. Ma sprach als erste, mit einem Schulterzucken: »Ach ja, so ist es! *Cɛw diyaɲɛkow.* Wie es den Männern beliebt. Sie machen, was sie wollen.« Ihre Meinung zählte wenig.

Viele Jahre später zeigte Ma mir eines Sonntags in der Zusammenkunft der Frauen unter ihrem Dach diejenige, die beinah meine zweite Mutter geworden wäre. Dass sie das Schicksal fast vereint hätte, machte sie Ma sympathisch. Sie hatte auch keine Bedenken, sie zu necken, indem sie diese Frau vor allen »*N sinamuso,* meine Mitfrau« nannte. So geht es bei den Schwarzen, Themen, die stören könnten, werden mit einem Lachen ausgeräumt.

Mɔgɔ kana n dɔgɔya!

Keiner soll mich beleidigen!

Ma konnte viel aushalten, außer sie wurde gedemütigt: »*Mɔgɔ ka na n dɔgɔya n ka so!* Niemand soll mich mehr beleidigen. Schluss damit!« Von nun an würde ihr keiner mehr unter ihrem Dach respektlos begegnen. »Ich ertrag das nicht mehr länger. *Dɔgɔya banna,* ein Punkt, zwei Punkt.«

Vorsicht war geboten, vor allem bei den Prostituierten. Mehrere dieser *sungurunba* konsultieren Filelikela um höhere Einnahmen zu erzielen, aber auch wegen ihrer Gesundheit. Ma kann sie überhaupt nicht mehr ausstehen, seitdem ihr Mann erzählt hat, eine von ihnen habe ihm wegen eines Herpes ihr Geschlecht gezeigt.

»*Mun, k'i ɲɛfɛla jira!? A laban filɛ!* Was! Zeigen, was man zwischen den Schenkeln hat!? Da hört alles auf!«

Meine Mutter scheint nicht zu wissen, dass viele Klienten im Behandlungsraum alle Hemmungen verlieren. Filelikela ist das aufmerksame Ohr, dem man die intimsten Geheimnisse anvertraut. Dafür wird er bezahlt: fürs Zuhören und für die Behandlung. »*N kunko ɲɛnabɔ.* Ich muss dieses Problem loswerden.« Diese ganze Unsittlichkeit geht Ma gegen den Strich. Sie ist so aufgebracht, dass sie mir davon erzählt, obwohl wir über solche Dinge nicht sprechen. Wenn auch nur eine einvernehmliche Liebesszene zwischen zwei Erwachsenen auf dem Fernsehschirm erscheint, kommt im Zimmer Befangenheit auf. Manche schauen weg, die anderen schimpfen auf die Unmoral der Weißen. »*Tubabuw dagannen de don.* Sie sind verflucht.« Zum Reden über Sexualität sagt Ma immer zu mir: »*Jɛnɛya man ɲi!* Außerhalb der Ehe ist Enthaltsamkeit das Beste.« Daher redete sie mit mir nur ein einziges Mal über dieses Thema, um mich über die Gefahren von AIDS aufzuklären:

»Du musst aufpassen. *Cɛ ka kan mananin don«.* »Der Mann muss das Präservativ anziehn!«

»Is gut, Ma. Vergisses!«

Vorsicht ist auch geboten bei den übrigen Frauen. Einige wollen Mas Platz einnehmen, denn offenbar schwimmt ihr Mann im Geld. *»A cɛ ye waritigi ye.* Er ist reich.« Manchmal lassen die Verehrerinnen ihren Gedanken freien Lauf: »Warum hat er eine Frau vom Dorf geheiratet? Wir sind doch besser als die Mädchen aus dem Busch.« Zur Sicherheit gibt mir Ma daher die neue Anweisung, wenn ich da bin, darauf zu achten, dass die Konsultationen sich nicht endlos ausdehnen. »Du klopfst an die Tür, wenn es zu lang geht. *Mɔgɔ kana na n dɔgɔya fo n ka so.* Keiner soll mich unter meinem Dach beleidigen.«

Fato

Der Verrückte

Der Fall *Fato** war ebenfalls besorgniserregend, wenn auch auf andere Art. Frauen sind sein Problem. Fato sucht Filelikela auf, weil seine Frau ihn verlassen hat. Seither sind »alle Frauen Nutten. *U bɛɛ sungurunba.* Außer deiner und meiner Mutter, aber solche gibt es heute nicht mehr«, das wiederholt er immer wieder. Die Frauen geben es ihm zurück, indem sie ihn ständig nach dem Befinden seiner Frau fragen, obwohl sie wissen, dass sie durchgebrannt ist.

»*I muso bɛ di?* Wie geht es deiner Frau?«

»Tchiiippp ...«

Sein kaum sechsjähriger Sohn folgt ihm auf Schritt und Tritt. Fato spricht mit ihm ständig über seine Mutter und nimmt den ganzen Warteraum zu Zeugen. »*I ba ye sungurunba de ye!* Deine Mutter ist eine Nutte, ich hatte große Mühe, sie nach Frankreich zu holen. Welche Frau lässt ihr Kind im Stich, außer sie ist eine Nutte? Sie hat ihre Papiere bekommen und ich hab bis heute nichts von ihr gehört.« Fato fühlt sich betrogen. Schließlich hat er seine Frau gekauft! »*N de ye wari bɔ k'a lana yan.* Ich hab Geld hingelegt, damit sie kommen konnte.«

Das Scheitern seiner ersten Ehe entmutigt ihn jedoch nicht, er lässt eine neue Frau nach Frankreich kommen, diesmal direkt aus dem Busch. Auch sie läuft davon, ebenso wie die dritte. Alle sind nach kurzer Zeit weg. Dass eine nach der anderen ihn verlassen hat, verschlimmert seinen Groll und

* Fato bezeichnet einen Verrückten, jemand, der nicht richtig im Kopf ist. Anm. d. A.

seine Aggressivität gegen die Frauen. »*Musow bɛɛ sungurunba!* Lauter Nutten!«

Das kann nicht so weiter gehen. Ma beschließt, Fato das Maul zu stopfen: »Sie kaufen Ihre Frauen, wie wenn Sie auf den Gemüsemarkt gehen, und Sie verlangen Liebe und Respekt. Drei Frauen, die durchbrennen, da stimmt was nicht. Das Problem sind Sie! Und pass auf, wie du vor deinem Sohn redest. Ist nicht gut!« Danach wird auch Ma zu den Nutten gezählt. Und Fato setzt noch einen drauf, die Freunde von Ma seien seine Feinde! Ma schmeißt ihn raus: »Von heute an setzt du nie mehr einen Fuß in meine Wohnung. Herkommen und mich unter meinem Dach beleidigen! *Mɔgɔ tɛ n dɔgɔya tugun. A dan ye bi ye. Naloma tɛ maloya dɔn.* Schluss mit den Beleidigungen. Schwachsinnige wissen nicht, wie Schande schmeckt!«

Die Hoffnung auf eine bessere Zukunft ist ein starker Antrieb, daher kommt Fato erneut zur Konsultation. Er ignoriert Ma, ich ignoriere ihn meinerseits.

»Du bist also auch auf ihrer Seite?«

»Na klar!« Und ich lache.

»Wenn du dich nicht sofort entschuldigst, schlage ich zu!«

»Wenn du meine Tochter anfasst, erfährst du, wie ich heute heiße!«, brüllt Ma ihn an.

Bei all der Aufregung betritt Filelikela die Szene. Ma befiehlt ihm, ein Machtwort zu sprechen, sonst wird sie es tun, »aber richtig«. Filelikela gehorcht umgehend. An ihrem zornigen Blick sieht er gleich, er hat keine Wahl: »*Taa ka bɔ nka so!* Mach, dass du rauskommst!«

Ein Vater wie Fato kann zu nichts Gutem führen, der Sohn verliert keine Zeit, bis man auch von ihm einiges hört. Die Lehrer wollen ihn nicht mehr behalten, obwohl er gerade erst die Grundschule begonnen hat. Er ist ein Schläger, ein Dieb und lügt wie ein Zahnzieher. »*Den in tiɲɛna ka ban!* Das Kind ist völlig verdorben.«

Viele Jahre später sollten wir wieder von ihm hören. Eines Nachmittags ruft er auf unserem Festnetztelefon an. Mein Onkel Gangarana Issa nimmt ab.

»Onkelchen, kannst du mich abholen?«

»Wo bist du? Was ist mit deinem Vater?«

»Ich bin im Kommissariat von Montreuil.«

»Tja, dann wirst du dort bleiben müssen.«

Gangarana Issa ist Mas Cousin. Sein Vater hatte die Mutterbrust aufgeben müssen, damit Momuso sie bekam. Issa kam 1995 oder 1996 illegal nach Frankreich. Ma nimmt ihn bei sich auf. Die beiden verstehen sich »auf Anhieb«. Ma schenkt ihm ihr volles Vertrauen. Sie überlässt ihm sogar das Regime im Haus, wenn sie weg ist. Gangarana Issa lässt uns in Ruhe, denn wir sind schon groß. Er wird später sogar zu meinem Vertrauten, allerdings im Rahmen dessen, was meine Scham mir zu sagen erlaubt. Es ist schwer, mich von einem Charakterzug zu befreien, der mich schon sehr lange bestimmt. Gangarana Issa hat nach fünfzehn Jahren des Wartens und einem ständigen Hin und Her zwischen Frankreich und Portugal endlich Papiere, nachdem man sein Durchhaltevermögen dort eher belohnt hat und er portugiesischer Staatsbürger wurde. Durch die Öffnung der Grenzen im Schengenraum gibt es für ihn kein Hindernis mehr, um von hier nach da zu kommen.

Vorher ist mein Onkel aber nicht bereit, sich in die Höhle des Löwen zu begeben: »Ich bin doch nicht so verrückt und verrate mich der Polizei. Wenn er dort ist, hat er was angestellt. Er soll bleiben, wo er ist!«

Fato hat einen Sohn am Bein, mit dem er nicht mehr fertig wird, am Ende schickt er ihn nach Mali zurück: »*N'a taara Mali la, a bɛ kɛ cɛ ye. Faransi de b'an denw tiɲɛ.* Im

Dorf wird er lernen, wie man zum Mann wird. Frankreich verdirbt unsere Kinder.«

Mein Onkel Gangarana Issa hat Ma nie im Stich gelassen, trotz der Anspielungen der anderen Männer aus der Familie und der Gefahr, ausgegrenzt zu werden: »Was hast du dort zu schaffen? Was gibt sie dir, damit du bleibst?«

Denmuso juguw

Schlechte Mädchen

Ein Junge kann ins Gefängnis kommen, das ist immer noch weniger schlimm als ein Mädchen, das schwanger wird. »*N den ye n faga!* Mein Kind hat mich umgebracht!«

Schwierig, sich vorzustellen, dass eine anständige Frau lieben und begehren, also eine Sexualität haben kann! Eine anständige Frau muss bis zur Hochzeit Jungfrau bleiben. Wer gegen diese Regel verstößt, ist zwangsläufig eine Nutte und hat das wahrscheinlich von der Mutter. Wenn das Unglück eintritt, holen sich die entsetzten Mütter Rat bei Filelikela: »Der Vater des Kindes muss sie heiraten, sonst ist die Schande zu groß!« Ma nützt jedesmal die Gelegenheit, um mir zu predigen: »Du siehst, am besten hältst du still! Wenn du meinen Namen in den Dreck ziehst, *N b'i kan tigɛ!* Hau ich dir den Kopf ab, das ist sicher. Du musst einen guten Ehemann finden. *Jɛnɛya man ɲi!* Lotterleben, das ist nicht gut.«

Jedes Jahr entstehen Ende Dezember Gerüchte: »Sie ist schwanger, das musste ja kommen.« Die Ursache für die ganze Aufregung ist die Schachtel Konfekt, die der Betriebsrat der Firma meiner Mutter zum Jahresende schenkt. Ich stopfe die Pralinen, außer die mit Likör gefüllten, Stück für Stück in mich hinein, ohne aufhören zu können. Meine Gier wird mit Erbrechen bestraft. Das reicht, dass alle Welt sich um die Angelegenheit kümmert. Auch wenn einige Leute mir völlig unbekannt sind, sie nehmen sich das Recht heraus, mich zu befragen und zu tadeln. Sie sind schließlich die Erwachsenen: »Wie kannst du das deiner Mutter antun!« Glücklicherweise ist Ma vernünftiger und erkundigt sich erst einmal:

»*Mun b'i la?* Was ist los?«

»Schokolade.«

Das ist die Gelegenheit, mit mir über Sexualität zu reden. Ma fühlt sich bei dem Thema nicht wohl. Die Worte kommen nur zögerlich über ihre Lippen. Und zwar stoßweise. Diese Scham stammt wieder einmal von ihrer traditionellen Erziehung, der sie so gern das Lob singt. Vor ihrer Hochzeit hatte Ma keine Ahnung von Verführung und Liebesspiel. Sie hat ihre sexuellen Erfahrungen mit ihrem ersten Mann gemacht, da er zuerst über ihren Körper verfügen konnte. Filelikela amüsierte sich über ihre Unerfahrenheit, er erzählte frei heraus, vor der Versammlung im Wohnzimmer, von dem Empfang, den sie ihm am ersten Abend bereitete: Sie wollte ihm das Ehebett überlassen und selbst auf der Couch im Wohnzimmer schlafen. Filelikela musste sie auffordern, sich zu ihm zu legen. Ma fällt es schwer, mit mir über das Intimleben zu sprechen: »*A kana kɛ tasuma ti mɔgɔ bolo.* Am besten vermeidest du die Katastrophe.«

Das Mädchen zu schwängern, kann auch ein Mittel des Liebespaars sein, um die zögernden Eltern zu überzeugen, oder Männer wenden es an, um eine Frau zu heiraten, die sich dem widersetzt. Kanu hat es bei mir versucht, ihm war nichts Besserers eingefallen, als sich bis über beide Ohren in mich zu verlieben. Zunächst hatten sich seine Verführungsversuche darauf beschränkt, mich über den Umweg von Ma mit Geschenken zu überschütten. Um die Tochter zu bekommen, muss man zuerst der Mutter gefallen. Seine vielen Aufmerksamkeiten lassen mich völlig kalt. Ma drängt mich, offen mit ihm zu reden: »Die Leute sollen nicht sagen, dass ich das Geld von diesem jungen Mann esse!« Andere Mütter hingegen sichern sich bedenkenlos Vorteile, indem sie den Verehrer im Glauben lassen, dass er die Tochter bekommt.

Die Gelegenheit das Ganze zurechtzurücken, kommt, als Kanu mich zum Essen einlädt. Während des Rendez-vous hat er nichts anderes im Kopf, als mit mir in ein Hotelzimmer zu gehen. Aus meiner strikten Weigerung zieht er den Schluss:

»Du liebst mich nicht.«

»Nein.«

»Hab ich verstanden. Auch wenn es mich unglücklich macht. Du wirst verstehen, dass ich dann nicht mehr kommen werde.«

»Klar!«

So endet die Geschichte, die nie begonnen hat, zu meinem großen Erstaunen reibungslos. Ich habe auch nachdrücklichere Versuche erlebt – das Treppenhaus kann zu einer Falle werden. Dann ist es besser, wenn man sich verteidigen kann oder eine laute Stimme hat. Zweiteres kann sich allerdings gegen das Opfer wenden: »Wieso war sie mit ihm allein?« Das ist der große Widerspruch: die Jungs wollen unberührte Mädchen, aber sie beharren unter Körpereinsatz darauf zu bekommen, was ihnen verweigert wird, wie ungezogene kleine Jungen.

Meine Heiratsaussichten beschäftigen alle, denn ich werde älter. Schon neunzehn! Mein Onkel ohne Papiere, Gangarana Issa, sorgt sich wie Ma und einige andere um mich. Der Onkel ist mit Kanu befreundet und kann meine Gleichgültigkeit gegenüber seinem Freund nicht verstehen.

»Magst du lieber Frauen? Ich sehe dich nie mit einem Jungen und du redest auch nicht von ihnen ... Das ist nicht normal.«

»Tchiiippp.«

Die Möglichkeit, ich könnte mich verlieben, bereitet mir Sorgen. Männer sind viel zu kompliziert und ich habe genug mit mir selbst zu tun. Außerdem sind die Umstände nie passend! Was soll ich dem Erwählten antworten, wenn er mich abholen oder nach Hause bringen will? »Wo? Unten vor dem Hauseingang oder oben vor der Wohnungstür?« Alles ist eine Frage von Grenzen, die nicht überschritten werden dürfen. Vor einem Treffen zu zweit, selbst mit einem flüchtigen Bekannten, muss ich außerdem ein großes Hindernis überwinden: Koroke.

Schließlich finde ich den Passenden, aber der gefällt meinem Bruder nicht. Koroke hat ernsthaft und eindrücklich klargestellt, dass er der Garant meiner Unbescholtenheit ist. Auch wenn es mehr um seine eigene Unbescholtenheit geht.

»Warum hast du dir einen aus unserem Viertel ausgesucht? Jetzt reden hier die Leute darüber. Du bringst mich in die Kacke. Ich will euch nicht mehr zusammen sehen. Sonst schlage ich ihm die Fresse ein. Ihr habt keinen Respekt vor mir. Was du machst, ist nicht gut!«

»Seit wann redest du so viel?«

»Sprich anständig mit mir! Ich bin der Ältere, du schuldest mir Respekt!«

»Ach ja! So läuft das aber nicht. Den Respekt muss man sich verdienen!«

»Hör auf, wie eine Weiße zu reden!«

Meine Geschichte mit Habibi geht weiter, trotz der Drohungen meines Bruders. Ich will auf keinen Fall verzichten. Unser Festhalten an der Beziehung führt zu grotesken Situationen. Habibi nimmt reißaus, wenn er Koroke sieht. »Also ich hau ab. Da kommt dein Bruder. Wir telefonieren später.« Wenn Koroke meinen Freund erwischt, packt er ihn am Kragen seines Lacoste-Polos und droht ihm, ohne allerdings zuzuschlagen. Koroke ist kein Böser. »*Mɔgɔ jugu te.*«

Diese Szene wiederholt sich fünf Jahre lang immer wieder, so lange unsere Beziehung hält. Außer von Koroke, der um seinen guten Ruf fürchtet, muss ich mir auch Vorhaltungen von Ma anhören, denn für sie ist es unvorstellbar, dass ihre Tochter sich mit einem Araber zusammentut. Spielt keine Rolle, dass Habibi schmale Augen hat und eher asiatisch aussieht.

»Er bleibt ein Araber. Ein Weißer, okay. Ein Chinese, warum nicht. Auch wenn das noch nie vorgekommen ist. Aber ein Araber. *Dusukasi bɛ n faga!* Der Kummer bringt mich noch um!«

Ma ist aber die erste, die mir unsere Trennung vorwirft, als es so weit ist. »Warum hast du ihn gehen lassen? Er war ein netter Junge. *Ce numa nini ka furu.* Such dir einen guten Mann und heirate ihn. Schluss damit!«

Auch Koroke hat es nicht leicht. Er ist zwischen zwei Erziehungen hin und hergerissen: zwischen der einer patriarchalen Gesellschaft und der, die Ma unter ihrem Dach verbreitet. Ma versucht, keine großen Unterschiede zwischen ihren Kindern zu machen: »Ihr wischt abwechselnd die Böden!« Im übrigen zeigt sich mein Bruder in dieser Übung begabter als ich und meine Mutter weist mich immer wieder darauf hin: »Schau dirs gut an, *duguma la jɛlen fisa,* der Boden ist schön sauber.« Die Erziehung, die mein Bruder genossen hat, steht im Gegensatz zu der seiner Kameraden, die zu Hause nichts tun: Mutter und Schwester sind dazu da! Nach dieser Feststellung versucht Koroke bei Ma für sich einzutreten:

»Das ist keine Männerarbeit.«

»Du wohnst hier in meinem Haus. Wenn dirs nich passt, da die Tür. *Boda bilen!* Arschloch rotes!«

Es kommt öfter zu Handgreiflichkeiten zwischen uns beiden. Koroke will mich mit Gewalt zur Vernunft bringen. »Halt die Klappe, du redest zu viel!« Filelikela mischt sich nie in unseren Streit. Schließlich sind wir nicht wirklich seine Kinder. Er überlässt das Ma. Und sie tut, was sie am besten kann, um unseren Zwist zu beenden: Schreien statt Reden:

»Wollt ihr mich umbringen? *Ɲamɔgɔden!* Habt ihr kein Mitleid mit mir?« Oder aber: »Hab ich noch nicht genug gelitten? Schluss damit! Lasst mich mit meinem Kummer in Ruhe. Sonst bringt ihr mich noch vor der Zeit um! *Balawuden in!*«

Daraufhin ziehen wir es vor, uns einfach zu ignorieren. Wir reden nicht mehr miteinander und es können Wochen vergehen, ohne dass einer auch nur ein bisschen von seinem Terrain freigibt. Doch wenn Ma einschreitet, gebe ich nach. »Red mit deinem Bruder. Ihr seid meine beiden einzigen Kinder. Ihr müsst euch gegenseitig helfen. Ich werde nicht immer da sein. Und ich kann nicht sterben im Wissen, dass ihr verkracht seid. *A ye ɲogɔn dɛmɛ!* Helft einander!«

Janfa

Der Verrat

Die Ehe zwischen Ma und Filelikela endet mit seinem Tod, aber ihr Verhältnis war schon vorher zerrüttet.

Ma ist sich sicher, Filelikela hat sie aus Berechnung geheiratet. »Heute machen es die Frauen für die Männer.« Ma hätte besser aufpassen sollen. Zwischen ihnen war alles zu schnell gegangen. Das Kennenlernen, der Heiratsantrag ...

Wo Ma geboren ist, suchen die Männer die Frauen aus. Und eine Frau gibt sich vor der Hochzeit dem Mann nicht hin.

Die Verhandlungen wie auch die Hochzeit hatten ohne sie stattgefunden:

Bamako, 28. April 1994

Liebe Massiré, hier meine Nachricht an Dich.

Ich teile Dir mit, dass die traditionel Hochzeit für uns hier gefeiert wurde. Was die zivile Eheschliesung betrifft sagt mir ob statfindet und wann. Ich erwarte Ihre Antwort.

Bei der Hochzeit waren viele Verwanten von Dir. Alles muss über X gehen, dass meine Rückreise in den kommenden Wochen klapt. Im Moment ist mein Konto blockiert auf der Bank ich hab kein Gelt. Ich warte auf Ihre Antwort für meine Rückreise.

Ich warte ungeduldig auf Deine Antwort.

Ich denke Tag und Nacht an Dich. Ich hoffe du auch das gleiche.

Ich grüße Euch alle: Dich, Deine Kinder und Deine Freunde.

Danke.

Filelikela

Die Eheleute streiten immer häufiger. Filelikela muss zu seinem Leidwesen erfahren, dass Ma temperamentvoll und eine Frau ist, der man mit Respekt begegnen muss. »*A joli ka kalan!* Ich wusste nicht, dass sie heißes Blut hat.« Trotz der Krise ist eine Trennung ausgeschlossen: »Das gehört sich nicht. *Furu man nɔgɔ,* die Ehe ist keine leichte Sache!«

Bei ihren Streitereien geht es immer wieder um Geld. Die Lage wird noch schlimmer, als Filelikela von Ma verlangt, sie soll die Schulden eines Bruders zurückzahlen, der gar nicht ihr Bruder ist. Dieser Mann ist nur einer der vielen Dauergäste: »War ich vielleicht dabei, als du es ihm gegeben hast? Schau selbst, wie du es von ihm holst!«

Filelikela will nicht auf den Schulden sitzen bleiben. Er zieht sie von der Miete ab und bricht damit ihre Vereinbarung über die Aufteilung der Haushaltskosten. Ma lässt das nicht durchgehen:

»So ist das also! Mal sehen, ob ich bezahle! Dann schlafen wir alle draußen, *n be bamanan den 100 % de ti!*«

Es dauert eine Weile, bis sich herausstellt, wer aus diesem Gerangel als Sieger hervorgeht, da beide stur an ihren Positionen festhalten. Der Vermieter wird ungeduldig, er drängt zur Zahlung. Zum allerersten Mal hat Ma Mietschulden. Aber sie gibt dennoch nicht nach. »Is mich scheißegal, sollen sie uns rauswerfen. *A tɛ bɔ n jufa tɔ!* Das Geld wird nicht aus meiner Tasche kommen.«

Unwillig zahlt Filelikela schließlich die Miete. Aber er ist ein schlechter Verlierer und lässt Ma gegenüber ein paar Bemerkungen fallen, die sie nicht ertragen kann. Abends im Bett, er will gerade die Augen schließen, baut sie sich über ihm auf und streut Geldscheine auf ihn, die er ihr gegeben hat. »*N bɛ se yɛrɛ kɔrɔ.* Ich komme für meinen Unterhalt alleine auf. Ich habe nicht auf dich gewartet. Dein Geld ist Luft für mich. Du bist gekommen und hast mich gewollt, nicht aus Liebe, sondern weil du mich brauchst, um es zu verdienen. Und du kommst und demütigst mich für Schulden, von denen ich nicht einmal was weiß? *Dogoya,* Schluss damit!«

Filelikela verschlägt es die Sprache.

»*Muso ma deli ka nin ɲɔgɔn kɛ n na.* Noch nie hat mir gegenüber eine Frau so etwas gewagt.«

Mehrere Nächte kann er nicht schlafen. Er, der Marabut ist und anderen das Schicksal wirft, kann Mas Wut nichts entgegensetzen. Wie so viele hat auch er sie unterschätzt, weil sie zurückhaltend ist und aus einfachen Verhältnissen stammt. Schon Jamanjan hatte Mas Geburtsort beschimpft: »Diese Mädchen aus dem Busch haben von nichts eine Ahnung. Sie sind zum Gehorsam erzogen.« Aber Ma wurde auch beigebracht, was Würde bedeutet: »*N bɛ n yɛrɛ dɔn!* Ich weiß, wer ich bin!« Ma kann vieles einstecken, aber nicht, gedemütigt zu werden: »Das nicht!« Und das gilt für alle. Sie stopft vielen Schwarzen und vielen Weißen den Mund, ohne Unterschied, auch wenn ihr mangelhaftes Französisch ihr die Sache manchmal erschwert.

Ich war schon öfter Zeugin von Mas großem Eigensinn geworden. Zum ersten Mal kurz nach der Feuersbrunst, als wir in den Schnee geschickt wurden, um unsere Lungen zu reinigen. Kurz nach unserer Ankunft beschwert sich die Besitzerin des Chalets laut und in aller Öffentlichkeit beim Mittag- und Abendessen, dass aus ihrer Speisekammer Lebensmittel verschwinden. Ihr Blick ist dabei starr auf unseren Tisch gerichtet. Ma fragt uns sehr ernst:

»Habt ihr was angestellt?«

»Nein!«

»Dann reicht es jetzt!«

Am gleichen Abend kommen wir wieder in den Speisesaal und setzen uns hin, wo Platz ist. Ma hat nicht vor, sich etwas nachsagen zu lassen, für sie sind Weiße und Schwarze gleich. Als wir aufstehen wollen, um unsere Teller zu füllen, fordert Ma uns auf, sitzenzubleiben: »Keiner rührt sich und wenn wir verhungern müssen.« Am Ende kommt die Besitzerin und fragt nach.

»Wir sind keine Diebe!«

Ma zwingt uns, den Speisesaal zu verlassen, trotz unserer knurrenden Mägen.

»*Aw bɛ sɔgɔma buru to dumu.* Ihr esst den Rest Brot von heute morgen.«

Schon am nächsten Tag ändert sich das Verhalten der Besitzerin uns gegenüber. Sie weiß jetzt, dass Ma keine Frau ist, der man etwas anhängen kann. Zur Versöhnung organisiert sie einen Abend mit Crêpes, sie hat gemerkt, dass wir das mögen. Ma befiehlt, wir sollen nicht zu viel essen, man soll nicht schlecht über uns reden. »*Aw kana n tɔgɔ tiɲɛ!* Zieht meinen Namen nicht in den Dreck!«

Klein beigeben kommt nicht in Frage, egal, wem gegenüber. Das gleiche soll für ihre Kinder gelten. Viele Male, wenn mir Zweifel kommen, wie ich mich verhalten soll, gehe ich zu Ma und frage sie um Rat. »Wovor hast du Angst? Du machst einfach. Wenn du denkst, einer macht für dich, kannst du lange warten ...«

Ein Anruf aus Mali unterrichtet uns davon, dass Filelikela gestorben ist. Sein Herz hat aufgehört zu schlagen. Er hatte einige Monate zuvor im Hôpital Tenon von seiner Erkrankung erfahren. Aber die Wissenschaft des weißen Mannes taugt in seinen Augen nicht viel. Er weigert sich, die verordneten Medikamente zu nehmen und zieht ihnen seine Aufgüsse und Opferungen vor.

Schon bei uns hatte der Tod sich Filelikela gezeigt. Er quälte ihn im Traum. Filelikela schrie im Schlaf, schreckte auf, atmete schwer, zitterte und manchmal weinte er. Ma wurde die hilflose Zeugin seiner Angstzustände. Sie bekam auf ihre Fragen keine Antwort. Vielleicht sah er, was ihn im Jenseits erwartete? Offenbar war es nichts Gutes. Seine Tätigkeit setzte ihn einem furchtbaren Ende aus. Man kann nicht ungestraft die Geister rufen. Wer das tut, muss einen hohen Preis bezahlen, wenn seine Zeit gekommen ist. Die Stunde der Abrechnung war eingeläutet. Ein Zauberer kann Gutes und Schlechtes tun. Von dieser Wahl hängen auch die Bedingungen seiner letzten Stunde ab. »*A ma ɲuman dɔrɔn kɛ!* Er hat nicht nur Gutes getan.«

Um dem angekündigten Tod zu entgehen, schloss sich Filelikela tagelang in seiner Praxis ein. Er verbrachte dort die meiste Zeit, verbrauchte viel von seiner Energie und vernachlässigte seine Patienten. Unermüdlich befragte er mit dem Sand seine Zukunft. Dann ging es auf weißem Papier weiter, er zeichnete kurze Stäbchen, ließ ihnen weitere folgen. Immer und immer wieder. Aber die Vorhersagen gingen offenbar nicht in die richtige Richtung. Auch nach sehr vielen Opferungen blieben die Aussichten die gleichen. Da beschloss er, nach Mali zu reisen, wo er bessere Bedingungen für die Große Arbeit finden würde.

Die Zeugen von Filelikelas Ende berichteten, er sei nach einem langen schweren Todeskampf gestorben. Die letzten Tage hatte er deliriert. Er schien gegen unsichtbare Gegner kämpfen zu müssen. »Lasst mich in Ruhe! Lasst mich!« Seine Leiche war nicht mehr wiederzuerkennen. Das Gesicht war wie verkohlt, vertrocknet, völlig ausgezehrt. Er wurde an der Seite seines Vaters an einem geheimgehaltenen Ort begraben.

Bei der Nachricht von seinem Tod riefen viele seiner Patienten an, um ihre Fassungslosigkeit auszudrücken: »Der Marabut, er ist tot, das ist nicht möglich, das ist unglaublich!« Der Mann war also nicht unsterblich. Manche fragen auch nach der Adresse eines anderen Zauberers ... Nur wenige erkundigen sich nach dem Befinden der Witwe, die auf keinen Fall ihren Schleier der Würde ablegen will.

Ihre Haltung ist völlig anders als die ihrer panischen Mitehefrauen, die sich um ihr Überleben ängstigen. Was sollen sie ohne das Geld machen, das der Tote ihnen immer geschickt hat? Sie rufen Ma an, ob sie mit ihrer Unterstützung rechnen können. Ma gibt ihnen eine klare Absage: »Ich habe selbst Kinder und niemand, der mich unterstützt.« Ma hat schon viel für Filelikela und die Seinen getan. Doch Filelikela hat es ihr nie gedankt. Als sie erfährt, dass er kurz vor seinem Tod noch eine vierte Frau geheiratet hat, beschleunigt dies ihren Bruch mit den anderen Frauen. Ma wiederholt mir danach unablässig: »Stell dir vor, ich hätte aufgehört zu arbeiten, die Schande hätte mich längst umgebracht!«

Filelikela hatte groß geheiratet: vier Frauen für sich allein! Viele begnügen sich mit zwei Frauen. Es heißt, eine einzige Frau »das ist nicht gut! Sie tanzt aus der Reihe.« Offenbar sind sie zu zweit zu sehr damit beschäftigt, auf die Fehltritte der anderen zu achten. Die Rivalität hält sie auf dem geraden Weg. Unter diesen Umständen: »*Musofilafuru de ka fisa.* Es ist besser, zwei Frauen zu haben.«

Die Wahrheit kommt meist nach dem Tod ans Licht. Ehemalige Klienten klagen:

»Er ist gestorben, meine Arbeit ist aber noch nicht fertig.«

»Und mein Geld.«

»Is mich scheißegal. Wenn ihr könnt, regelt das mit ihm. Lasst mich in Ruhe mit meinem Schmerz. *N'o tɛ dusukasi bɛ n faga.* Sonst bringt er mich um.«

Der Hauptgrund für ihren Kummer ist ein letzter Verrat von Filelikela. Wie jede gute Afrikanerin träumte Ma davon, in Mali ein eigenes Haus zu bauen. Nach fünfzehn Jahren relativer Ruhe war ihre Krankheit zurückgekehrt: Sie konnte nie mehr in ihr Land zurück! Unter diesen Umständen nahm sie Filelikelas Hilfe in Anspruch. Schließlich flog er häufig hin und her, kannte das Land und die wirtschaftlichen Bedingungen dort sehr gut. »Ich will, dass meine beiden vaterlosen Kinder drüben eine Bleibe haben ...« Filelikela hatte den Auftrag gegen klingende und springende Münze übernommen, aber er hatte das Geld unterschlagen, um sich selbst ein Haus zu bauen. »*Ay'an janfa!* Er hat uns verraten. Aber *Ala te sunɔgɔ.* Gott schläft nicht.«

Ein wichtiges Detail war Filelikela entgangen: Ma war nicht nur eine Frau, die sich nicht unterkriegen ließ, sie hatte außerdem Stehvermögen. »*N be bamanan den 100%!*« Der Zwist mit den Erbberechtigten von Filelikela dauerte über zehn Jahre, trotz der erdrückenden Beweise, die Ma einbrachte. Sie hatte vorsichtshalber alle Schecks fotokopiert, die sie ihrem Mann gegeben hatte. Es ist nicht schwer, das Geld eines anderen zu essen. Vor allem in Mali, wo man sein Recht schlecht durchsetzen kann, wenn man nicht vor Ort ist. Die Korruption ist allenthalben, für alles wird Geld und noch mehr Geld verlangt. Jeder, der mit dem Fall befasst war, wollte seinen Anteil: der Anwalt, der Notar, der Gerichtsvollzieher, die Mittelsmänner ... und keiner bekam genug. »*Mali tɛ se ka jɔ nin cogo la!* Wie will man auf diese Weise ein Land wieder aufrichten?«

Foyi te balimaya bɔ

Die Familie ist das allerwichtigste

Die vielen aufeinanderfolgenden Enttäuschungen hindern Ma nicht daran, weiterhin Mitglieder ihrer Großfamilie zu beherbergen. Nach Filelikela kommen Benke und einige andere, die kürzer bleiben. Alle geben sich die gute Adresse weiter. Mas eiserner Wille, ihre Angehörigen zu unterstützen, bringt mich zur Verzweiflung:

»Mir reichts! Wissen die Leute überhaupt, was das für dich bedeutet? Sie sind alle die gleichen Schmarotzer! Sie sagen nicht mal Dankeschön. Wer sonst in Frankreich nimmt jemanden jahrelang bei sich auf, ohne jede Gegenleistung? Nicht mal ein Baguette oder eine Tube Zahnpasta. Wer von ihnen hat je gesagt, nimm das, es ist mein Beitrag? Keiner! Sie nehmen, dann gehen sie wieder und geben deinen Namen weiter. Und was ist mit uns? Denkst du auch an uns? *An sɛgɛnna!* Wir haben es satt!«

»Halts Maul. Das ist mein Haus. Wenns dir nicht passt, da die Tür.«

Ma weiß, dass ich recht habe, es springt in die Augen. Aber so ist sie eben. »*N lamɔna tan de.* So bin ich erzogen. *Foyi te balimaya bɔ.* Die Familie ist das allerwichtigste.«

Ein Mann folgt dem anderen. In den fast zwanzig Jahren, die er in Frankreich lebt, haben wir nichts von Benke gehört, da ruft er eines Abends aus einer Telefonzelle an. Ich nehme ab.

»Kannst du mich abholen? Ich bin auf dem Platz in eurer Nähe, aber ich weiß nicht welches Haus es ist.«

Als einziges Gepäck hat er einen Müllsack bei sich. Ma erwartet ihn:

»Was ist passiert?«

»Sie haben mich rausgeschmissen. Ich kann mein Bett nicht bezahlen. *N bɛ siyɔrɔ ɲinin de la,* ich suche einen Schlafplatz.«

Sein Unternehmungsgeist hat Benke nicht viel genützt. Er hat sich in Frankreich nie richtig eingelebt. Er hat die Sprache nicht gelernt. Mal hat er kleine Jobs, mal keine Arbeit, während seine Zimmergenossen im Heim jeden Tag losziehen, um auf dem Bau, als Hausangestellte oder aber als Straßenkehrer zu arbeiten ... Mit gut über Fünfzig hat Benke seit seiner Ankunft Anfang der 1980er Jahre nichts anderes kennengelernt als das Wohnheim für Migranten. Und jetzt plötzlich weigern sich die Jüngeren, für ihn mitzubezahlen: »Die Zeiten sind für alle hart. Geh doch zu deiner großen Schwester«, hatten sie ihm geraten.

Durch den Einzug bei Ma hat Benke nur gewonnen. Er bezieht das Zimmer von Koroke. Denn sobald sich die Gelegenheit geboten hatte, war mein Bruder zu seiner Freundin gezogen. Er kommt häufig zu Besuch mit seinem kraushaarigen Malteserhündchen, einer Kreuzung aus einem Malteser und einem Pudel. Ein unglaubliches Paar, dieser große Schwarze mit rasiertem Schädel und ein Hündchen für alte Damen!

Benkes Fall führt zu vielen Gesprächen unter den Erwachsenen. Er kann doch nicht so weiterleben, wenn er nicht arbeitet. Er kann sich kein Zimmer leisten und nicht einmal zu Essen einkaufen. Er sollte sich schämen! Warum geht er nicht zurück nach Mali zu seiner Frau und seinen Kindern – einer Nachkommenschaft, die er vielleicht nicht als einziger gezeugt hat. Es gibt viele in dieser Lage, denn die verlassenen Ehefrauen erliegen häufig dem Charme eines Mannes, der geblieben ist.

Männer wie Benke haben einen Namen: *fugare*, einer, der nichts wert ist. Trotz seines Alters zählt Benkes Wort nicht mehr. Ma findet seine Situation nicht so schlimm:

»*O lafiyara!* Wenigstens lässt man ihn in Ruhe!«

Während Benke sein neues Quartier bezieht, schimpfe ich mit Ma:

»Verdammt, das hört nie auf. Können sie uns nicht in Ruhe lassen!«

»Halts Maul.«

Wenn Ma wütend ist, redet sie mit sich oder unsichtbaren Zuhörern:

»Wie kann man die eigene Familie auf die Straße setzen? Die Männer bringen es nicht mehr. Sie können angeblich im Monat keine 150 Euro zusammenlegen? *Balimaya tɛ yen tugun!* Jeder nur für sich heute. Wenn einer nicht arbeitet, sagt man *fugari!* Wenn du es schaffst, passt es ihnen nicht, weil es dir besser geht als ihnen. Die Welt ist schwierig geworden! Afrika ist genauso. Keiner will mehr arbeiten. Früher war man arm, aber alle hatten zu Essen. Heute bearbeitet keiner mehr das Land. Jeder hat nur das Wort ›Überweisung‹ im Mund. Die Leute in Frankreich schuften sich zu Tode, aber die drüben wollen Moped und Handy.«

Auch ich werde angeschrieben, um in Mali zu helfen:

Bamako, 13. September 2006

Liebe Aya,
Ihnen meine Nachricht von hier nichts Schlechtes, du mus mir MP3 und 70 Euros schicken, das brauche ich, gib es X oder wenn du jemand triffst der schnell nach Bamako kommt gibst es ihm damit er es mir bringt.

Von X
Hier meine Nr 608 – XX-XX
Mein Handy is kaputt du musst mir ein handy schiken.

Standhaftigkeit war ein Charakterzug von Ma, ohne Rücksicht auf die Umstände: »Unmöglich! Ich werd nie wie die. Bis zu meinem Tod bleibe ich den Werten treu, die mir überliefert wurden. Keiner hat etwas für mich oder meine beiden Kinder getan, aber das ist nicht schlimm. Ich helfe, sogar wenn ich Schulden machen muss. *Ala ba sara n ye!* Gott wird es vergelten.«

Musu jigi be den le ti!

Eine Frau braucht ein Kind!

»Eine Frau muss Mutter werden!« Ma drängt immer mehr darauf. Ich werde alt, schon dreiunddreißig, und sie ebenfalls, wir dürfen keine Zeit verlieren. »*Fo n ka n ɲɛ d'i den kan yani n ka sa.* Meine Augen müssen auf deinem Kind ruhen, bevor ich sterbe.«

Aber egal, was Ma sich wünscht, ich will mich nicht mit einem Lebensgefährten und noch weniger mit einem Kind belasten. Auf keinen Fall will ich ihm später das Leben schwer machen oder vorwerfen, dass es auf die Welt gekommen ist. Ich hatte oft genug diese Haltung gehasst, wenn meine Mutter in den vielen Momenten ihrer tiefen Verzweiflung behauptete, sie würde sich für uns aufopfern:

»Mein Leben is vorbei, alles mach ich nur für euch.«

»Aber wir haben dich nicht darum gebeten.«

»*I da tugu. Boda bilen.* Halts Maul! Arschloch rotes!«

Die Vorstellung, dass ich heiraten würde, musste sie aufgeben, das war schwer für sie. »*Yan denw tɛ sɔn furu ma.* Die Kinder in Frankreich haben was gegen die Ehe!« Aber niemals würde sie darauf verzichten, mich als Mutter zu sehen! Ma versucht die Gründe für mein Singledasein zu verstehen, das sich endlos hinzieht. Seit dem Araber nichts mehr! Stattdessen Sport. Für Ma ist er der Schuldige, er lenkt mich von der Hauptsache im Leben ab.

»Du musst das aufgeben. Ein Mann will kein Mädchen, die boxt.«

Ma weiß nicht, was der Sport für mich bedeutet, natürlich ist das Boxen kein Vergnügen. Ich ersetze nur einen starken Schmerz durch einen anderen, den ich zu beherrschen gelernt habe. Eine Verlagerung, nichts weiter!

Aber die Dinge entwickeln sich in die günstige Richtung, denn ich lerne einen Mann kennen und habe meine Sportkarriere seit meiner Verletzung hinter mir gelassen. Aber wie soll man das begreifen? Die beiden sind seit über vier Jahren zusammen, so jammert meine Mutter, und keine Schwangerschaft ist in Sicht. Sie fängt an, sich Sorgen zu machen:

»Kannst du vielleicht keine Kinder kriegen? Du musst zum Arzt gehen. Das ist wegen der Pille.«

»Schwachsinn!«

»Warum kriegst du kein Kind? Das ist sehr wichtig! Schau deinen Bruder an, er hat schon drei. Mach eins, dann hast du ausgesorgt.«

»Vergisses!«

»Es ist Wahrheit, was ich sage. *Muso jigi y'a den dɔrɔn de ye.* Außerdem haben alle Mädchen aus Mountan schon Kinder. Und du bist die Älteste!«

Die übrigen Frauen aus dem Clan stellen sich und Ma Fragen über meine Kinderlosigkeit: »*A se ta den wolo ye,* sie könnte Mutter sein! Worauf wartet sie?« Ma gehen die Argumente aus, nachdem sie nicht mehr die Schule oder den Sport vorbringen kann, um sich zu verteidigen. Zudem hat mein Verhalten für die Gemeinschaft Vorbildcharakter. Da wir die ältesten sind, müssten mein Bruder und ich an der Spitze der Kinder von Mountan stehen, Koroke bei den Jungen, ich bei den Mädchen, so wie Ma bei den Frauen. Von uns beiden wird erwartet, dass wir uns wie die Ältesten als Garanten der Tradition verstehen. Doch das kümmert mich nicht.

Da kommt es gelegen, dass andere ganz scharf auf die Rolle der Ältesten bei den Kindern aus Mountan sind. In der Thronfolge kommen sie nach uns, es sind die Kinder des Anführers im *maakorobow,* dem Ältestenrat, der uns damals nach Mali zurückschicken wollte. Unser Rückzug bringt sie an die Macht. Es macht ihnen Spaß zu kommandieren! Sie organisieren das Zusammenleben der verschiedenen Gruppen, entscheiden, was zu tun ist, sie sprechen in ihrem Namen mit den Erwachsenen, sie vermitteln zwischen den Mitgliedern des Clans ... Auf diese Weise bleiben sie unter der Fuchtel der Erwachsenen. Eine weitere günstige Gelegenheit, sich in Szene zu setzen!

Ich habe eigene Gründe für die Weigerung, mich den Bräuchen zu unterwerfen. Ich will vor allem Distanz zum Clan wahren, um seinen schädlichen Einfluss zu mildern. Meine Familie hat schon zu viel unter ihm gelitten. Deshalb sage ich meinem Lebensgefährten und seinen Angehörigen, sie sollen nicht zu Mas Beerdigung kommen. Die Leute wundern sich:

»*I cɛ bɛ min?* Wo ist dein Mann?«

»*A bɛ ka den minɛ.* Er hütet das Kind.«

Nach unserer Ausgrenzung habe ich mir meine eigene Familie geschaffen. Es sind vor allem Männer und Frauen, die anders sind. Das ist der Vorteil einer solchen Ablehnung durch Seinesgleichen, man wird nachsichtiger mit Menschen, die einem nicht ähneln. Trotz alledem habe ich meine Malische Kultur lieben gelernt. Ma hat sich stets sehr bemüht, sie mir weiterzugeben, im Guten wie im Schlechten.

Ich spreche auch ihre Sprache. Bei den Familienzusammenkünften wundern sich manche darüber und fragen Ma:

»*An tun t'a dɔn k'a bɛ bamanankan mɛn!* Wir wussten nicht, dass sie unsere Sprache spricht!«

»*A b'a mɛn.* Sie versteht es.«

Die Leute scheinen das nicht zu wissen, aber ich bin nicht die Tochter von Nichts und Niemand!

Irgendwann setzte sich der Mutterwunsch bei mir durch. Er war eigentlich immer da gewesen, aber ich hatte mich selbst zur Vernunft gebracht: »Das ist nicht so leicht! Du bist noch nicht bereit!« Der Wunsch wurde mit der Zeit stärker und bleibend. Warum also nicht? Es ist sowieso nie der richtige Moment. Nachdem ich mich für ein Kind entschieden habe, geht alles sehr schnell. Ich weiß sofort, dass ich schwanger bin, beim Sport habe ich gelernt, auf meinen Körper zu horchen. Es ist Ma, die es als erste von mir erfährt. Schon häufig hatte sie etwas erraten, ohne dass ich es ihr sagen musste. Aber jetzt kann sie es nicht glauben.

»Hast du den Test in der Apotheke gemacht?«

»Ja.«

»Du musst zum Arzt gehen.«

Nachdem es der Frauenarzt bestätigt hat:

»*Hamdulillah.* Sag aber nichts. Man weiß nie.«

Bis zur Geburt meiner Tochter erfuhr keiner aus ihrer Umgebung etwas von meiner Schwangerschaft. Nicht einmal Benke, der bei ihr wohnt!

Alles wäre wunderbar ohne meine Angst vor dem Unglück, das uns verfolgt hat. Ich lehne es ab, mich an ein Kind zu hängen, das noch nicht da ist. Es macht mir nicht mal Spaß, die Babyausstattung einzukaufen. Als ich eines Tages einer Verkäuferin die Liste hinhalte, ist sie sprachlos über diese Kälte. Ich spüre zwar jedem Lebenszeichen nach, aber man weiß nie. Es nützt doch nichts, Pläne zu machen, bevor das Kind da ist. Noch am Tag vor der Entbindung bin ich voll beschäftigt mit Behördengängen, die nichts mit dem Baby zu tun haben. Ich setze mich standhaft über Mas Empfehlung hinweg, ich soll mich ausruhen. Unbelehrbar.

»Wie weiß sie ist!«, sind meine ersten Worte, als man mir das Kind zeigt. Ich schaue sie genau an, ich hatte mir nicht viel vorgestellt, aber das bestimmt nicht! Man nimmt mir das Baby wieder ab, um es zu versorgen, ich bin auf einer Liege, man schiebt sie in den Flur. Nach einer Weile wird mir das Kind auf den Bauch gelegt.

»Geben Sie ihm die Brust!«

Es gelingt mir nicht, ich möchte in mein Zimmer zurück und nicht mehr frieren. Als ich aufwache, sitzt Ma an meinem Bett. Sie ist die erste, die meine Tochter in den Arm nimmt. Der Vater war zum Schlafen nach Hause gegangen, nachdem die Hebamme sagte, heute Abend kommt es noch nicht.

»Was für ein Schreck beim Anruf vom Hospital. Bin mit der nächsten Metro hergefahren. *Hamdulillah*, alles ist in Ordnung!«

Ma spricht die üblichen Segnungen:

»*Ala k'a si d'a ma!* Gott schenke ihr ein langes Leben.«

»*Amiina* Amen.«

»*Ala k'a bug'a dɔgɔnin ye.* Gott schenke ihr viele Geschwister.«

»*Amiina* Amen.«

»*Ala k'a ke silame ye.* Gott mache aus ihr eine Muslimin.«

»*Amiina* Amen.«

Als der Papa eintrifft, geht sie zur Arbeit, denn die kann nie warten, egal wie die Umstände sind.

Das Kind und ich brauchen Zeit, um uns aneinander zu gewöhnen. Ich beschütze sie, halte aber Abstand. Die Menschen, die ich liebe, haben die schlechte Angewohnheit, früh zu sterben. Ma steht mir beim Mutterwerden zur Seite, hält aber ebenfalls Distanz.

»Es ist dein Kind, du musst dich darum kümmern.«

Die vielen Wochenenden, die ich bei ihr verbringe, helfen mir beim Lernen. Ma weigert sich, in die Wohnung meines Lebensgefährten zu kommen: »Bei uns gehört sich das nicht!«

Ich kaufe alles doppelt, damit meine Tochter ein Zimmer bei ihrer Großmutter hat. Es geschieht öfters, dass wir zu dritt in einem Zimmer schlafen. Ma schaut mir zu, wenn nötig, korrigiert sie mich. »*I bɛ den digi-digi ni situlu ye.* Du lässt die Karité-Butter in der Hand schmilzen, dann massierst du die Kleine, zum Wohlfühlen oder gegen Schmerzen, wenn er weh hat. So geht das!«

Ma packt das Kind an einem Arm. Mit ausgestreckten Beinen auf der Bank sitzend, legt sie es sich bäuchlings auf die Schenkel. Sie knetet es, richtet es auf, gräbt ihre Finger fest in den kleinen Körper, wie ein Bäcker in den Teig. Das ist ganz anders als bei den Weißen auf der Geburtsstation. Ma fängt am Rücken an, dann kommt der Bauch, am Ende die äußeren Gliedmaßen. Es ist wichtig, dass die Füße am Schluss massiert werden, denn über sie vertreibt man das Böse, wie Ma eindringlich erklärt. Regelmäßig gibt sie der Kleinen einen kräftigen Klaps auf den Po. Jedesmal fürchte ich, meine Tochter könnte bei dieser Behandlung Schaden nehmen:

»Ma, bitte vorsichtig!«

»Halt den Mund! Ich hab vor dir Kinder bekommen. Tchiiippp.«

Ich bitte Ma auch um Hilfe, um meine Tochter abzustillen.

»Sie will das Fläschchen nicht nehmen. Ich muss arbeiten.«

»Wir kümmern uns am Freitag darum, wenn du kommst.«

Um die Essenszeit, das Fläschchen schon in der Hand, fordert Ma mich auf, das Zimmer zu verlassen. Das Kind wehrt sich, aber am Ende trinkt es. Die beiden verstehen sich gut, selbst wenn Ma mit der Enkelin ihre Sprache spricht. Sie singt in Bambara und lässt sie dabei auf ihren Knien hüpfen und zu den Musik-Clips auf ORTM* in die Hände klatschen. Ma massiert der Kleinen mit dem Zeigefinger das Zahnfleisch, als die ersten Zähne kommen. Ma badet

* Office de Radiodiffusion Télévision du Mali, das Fernsehprogramm aus Mali. Anm. d. A.

sie in Pflanzenaufgüssen, um sie zu beschützen. Ich lasse es geschehen. Meine Mutter ist eine große Hilfe, aber sie lehnt es ab, zu viel zu tun:

»Ich bin müde!«

Dann sieht sie, dass ich es kann. Die Handgriffe fallen mir leicht, sie sind instinktiv und präzise. Ma lacht. »Du und ein Kind! *Ala ka bon.* Gott ist groß.«

Ma hat ihren Tod wohl vorausgeahnt. Ich erriet es in ihrem Blick, deshalb wich ich ihm aus. Was ich darin sah, gefiel mir nicht. Ich sagte ihr daher, um sie zum Durchhalten zu zwingen:

»Ich weiß nicht, was ich tue, wenn du gehst.«

Aber Ma wusste besser als jede andere, dass ein Kind einen zum Überleben zwingt:

»Ich habe mein Soll erfüllt!«

Am Abend bevor sie starb, will Ma ihre Enkelin sehen:

»*A bɛ min?* Wo ist sie?«

Noch kurz davor hatte sie viele Male mit lauter Stimme gesagt:

»*Jɔn tu b'a dɔn ko e bɛ den wolo.* Du da, mit einem Kind, unglaublich!«

Ich versuche sie zu beschwichtigen. »Sie kommt gleich!«

Ma hat es plötzlich eilig, ich weiß nicht warum. Sie hört nicht auf, nach dem Kind zu fragen. Mit meinem Telefon rufe ich den Vater an: »Wo seid ihr? Sie will die Kleine!«

Ma öffnet die Augen, als sie das Kind hört. Sie kommt noch einmal aus dem Nirgendwo zurück. Sie drückt ihr lange und sehr fest die Hand. Die Kleine ist ruhig, sie lächelt sogar. Seit ihrer Geburt kann niemand sie so gut beruhigen wie Ma. Nach diesem Abschied sagt Ma zu mir: »Sie kann gehen.« Ma nimmt sich noch Zeit, um meinem Lebensgefährten zu danken. »Danke für alles.« Dann versinkt sie in Schlaf.

Ma stirbt am Vorabend des ersten Geburtstags ihrer Enkelin. Sie geht mit dem Gefühl, ihre Aufgabe erfüllt zu haben. »*Ala ye n n'i den ɲɛ jira ɲɔgɔn na. Musu jigi be den le ti.* Meine Augen haben auf deinem Kind geruht. Für eine Frau ist ein Kind am allerwichtigsten.«

Ich nehme meine Tochter mit an das Grab der Großmutter: »Omi ist hier!« Es gefällt ihr, mit mir den Grabstein zu putzen. Wir tragen den Eimer Wasser gemeinsam, sie reibt mit ihrem Schwamm, spült ab ... Ich möchte, dass mein Kind weiß, was der Tod ist, obwohl es noch so klein ist. Der Tod gehört zum Leben dazu. Ihn zu kennen hilft, das Leben zu respektieren. Und: »Das Kind muss früh lernen, sonst ist es zu spät.«

*Es ist dem menschlichen Wesen eigen, denjenigen zu hassen, den man verletzt hat**

Ma ist tot. Dennoch endete der Groll ihrer Verwandten gegen sie nicht. Ma hatte das Pech, zu beweisen, dass eine Frau die Verantwortung übernehmen kann, die man willkürlich den Männern übertragen hat. Das verzeiht man ihr nicht. Die Männer, wie auch manche Frauen, konnten lange auf einen Fehltritt warten, er kam nie.

»*N fa ni ba ye n mara ka ɲɛ.* Meine Eltern haben mich erzogen.«

Bei der Gedenkfeier, die traditionell am vierzigsten Tag nach dem Tod stattfindet, blieb den Männern nichts anderes übrig, als Mas Verdienste anzuerkennen. Ich war nicht da, Frauen mischen sich nicht unter die Männer. Aber die Worte der Männer wurden mir berichtet.

Sie sagten, Ma sei eine außergewöhnliche Frau gewesen: »Sie hat für alle etwas getan, ohne eine Gegenleistung zu verlangen und doch haben wir sie mit ihren noch kleinen Kindern im Stich gelassen. *A maloya ka bon,* die Schande ist groß.«

Die Männer haben Geld gegeben, denn man gibt oft, damit einem Fehler verziehen werden. Denken sie vielleicht, Geld könnte wiedergutmachen? Wie es der Brauch will, haben die Clanältesten uns, die bereits erwachsenen Kinder von Massiré Dansira, um Verzeihung gebeten. Das ist auch einer der Gründe für die Versammlung am vierzigsten Tag, die Angehörigen des Verstorbenen sollen um Vergebung gebeten werden, für die Fehler, die man begangen hat.

* Tacitus

»Keine Angst! *An yafar'aw bɛɛ ma.* Wir verzeihen euch, jedem einzelnen von euch.«

Aber was hat Reue für einen Sinn, wenn die betroffene Person nicht mehr da ist, um sie zu hören?

Die Aufteilung des Geldes führte zu einer Debatte. An wen sollte die Gabe ausgezahlt werden? Am Ende wurde nach langen Diskussionen entschieden, dass das Geld an ihre beiden Kinder gehen sollte, an Koroke und mich, während Kurze Beine vom Busch meinte, das Geld stehe dem Clan von Baba zu. Schließlich gehörte diese Frau doch ihnen. Von der Summe wurde ein Drittel abgezwackt für die Zeremonie, die in Mali stattfinden sollte und bei der sich die gesamten Clans der Kakoros von Mountan versammeln sollten. Sie wird *sangafo* genannt. Bei dieser öffentlichen Versammlung, unter dem Vorsitz des ältesten Mannes aus Babas Sippe, sollte Mas Tod bekannt gegeben werden. Auf diese Weise war unfehlbar jeder Erwachsene von Kakoro Mountan über den Tod von Massiré Dansira unterrichtet.

Aber es verging einige Zeit, bevor die Feier zustande kam, ein weiteres Mal missachtet Babas Clan die Tradition, wenn es um Ma geht. Dabei ist die Regel eindeutig: Jede verheiratete Frau, vor allem wenn sie Kinder in die Welt gesetzt hat, die ihrerseits bereits Vater und Mutter sind, hat Anrecht auf diese Zeremonie. Es stand eindeutig böse Absicht dahinter. Denn bei einem kleinen Jungen, der nach Ma gestorben war, machte man nicht so viele Umstände. Niemand musste darauf drängen, dass die Tradition eingehalten wurde. Die Männer zahlten, um sie zu ermöglichen. Aber Ma *jugu tɛ ban.* Der Hass gegen Ma sitzt zu tief. »*Ala ye ne seere ye.* Gott ist mein Zeuge.«

Die Aasgeier gehen um. Sie wollen Geld. Aber Ma hatte vorgesorgt, als sie spürte, dass sie bald sterben würde. Sie hatte uns an ihrem Bett versammelt, Koroke, Gangarana Issa und mich, um uns ihr mündliches Testament zu hinterlassen. Unter anderem warnte sie uns:

»*Mɔgɔ ka juru tɛ n na.* Ich hab keine Schulden. Wenn einer Geld will, ist er ein Lügner!«

Es war weise von ihr, uns zu warnen, denn ihre Leiche war noch nicht erkaltet, als ein Mann, der sich auf einem Bein springend fortbewegt, mich bittet, eine angebliche Schuld von Ma zu bezahlen.

»Deine Mutter hat mich gebeten, Geld nach Mali zu schicken.«

»So so, wann denn?«

»Im September.«

»Und da wartest du sieben Monate, um das Geld zurückzubekommen? Das gibt es doch nicht! Was sollen wir machen, jetzt nachdem sie tot ist? Warum verlangst du das Geld von mir? Frag meinen Bruder, er ist der Ältere. Außerdem hättest du die Schuld bei den Männern angeben müssen, wie es die Tradition will! Sie hätten bezahlen müssen. Warum bist du nicht früher gekommen?«

»Hatte keine Zeit.«

»Aber jetzt hast du Zeit. Ich habe mich immer darum gekümmert, wenn Ma Geld nach Afrika schicken wollte. Sie hat dich nie damit beauftragt. Lass uns mit unserem Kummer, oder du erfährst, wie ich heute heiße.«

Unter anderem hatte Ma hervorgehoben:

»*Aw kɛ mɔgɔ ti,* werdet Menschen! *Aya, i ye danbé sama. Danbé,* das ist sehr wichtig.«

Als ich Ma fragte: »Was ist der *danbé*?«, war ihre Erklärung nie sehr deutlich, sie wiederholte nur immer wieder:

»Der *danbé,* das ist sehr wichtig!«

»Okee, aber was heißt das?«

»*I ye danbé sama. Lele ko te danbé ti.* Man muss den *danbé* respektieren, damit ist nicht zu spaßen!«

Ich musste also selbst herausfinden, was *danbé* heißt. Das Wort lässt sich nicht übersetzen.

»*Kuma man gɛlɛn, a kɛli de ka gɛlɛn.* Alle können reden, aber tun ist viel schwieriger.«

Der *danbé* ist ein immaterieller Talisman, der dem gegeben wird, der ihn verstehen kann. Er leitet alles, was wir tun, ohne dass wir uns dessen immer bewusst sind. Er macht aus dem, der nach ihm lebt, einen aufrechten Menschen. Denn ein aufrechter Mensch zu sein, ist nicht jedem gegeben. Ein aufrechter Mensch und dazu frei zu sein, ist ein großes Geschenk!

Ma bittet auch Issa, ihre unermüdliche Stütze, sich um ihre bereits erwachsenen Kinder zu kümmern, sonst würde es keiner tun:

»*Bila ti ban o den to. I bɛ u bila sira.* Sie sind allein. Du musst auf sie aufpassen.«

Foyi tɛ ba bɔ!

Die Mutter ist das Allerwichtigste

Lange hat Ma mir vorgeworfen, dass ich nicht so war wie sie. Dann hatte sie es sich anders überlegt und gesagt, ich sollte besser nicht so werden: »Ich bin krank und ich habe keine Familie, *u bɛɛ banna n to.* Sie haben mich alle im Stich gelassen.«

Bevor ich meine Mutter liebte, habe ich meinen Vater geliebt. Babas Tod ändert alles. Zum ersten Mal stand ich allein meiner Mutter gegenüber. Ihr Stolz gebot es, unsere Bildung zur Hauptsache zu erklären. Ein Scheitern war nicht denkbar.

»*Maloya bɛ mɔgɔ faga.* Die Schande bringt einen um.«

Auch weil ihre Kinder nicht weniger wert waren, nur weil sie keinen Vater hatten.

So viele Jahre habe ich mich ihr widersetzt. Ma ist meine Heldin geworden, aber sie ist auch das ganze Gegenteil von mir. Sie war die Geradlinigkeit selbst, ich wollte von ihren strengen moralischen Grundsätzen nichts wissen. Nach ihrer Meinung hätten sie mein gesamtes Leben bestimmen müssen. Ich habe lange versucht, dem auszuweichen.

Daher war ich ihr ständig ungehorsam, manchmal ohne dass es mir selbst bewusst war. Um »Ich« zu sagen, musste ich erst mal »Nein« sagen. Oder, vernünftiger, »Ja aber«. Ich weiß auf alle erdenklichen Arten »Nein« zu sagen. Ein schallendes, schneidendes »Nein«, oder aber ein zurückhaltendes, bestimmtes. Ich wende nie meinen Blick ab, wenn ich zu meiner Mutter »Nein« sage.

»*Fa b'i la?* Bist du verrückt?«

»Nein!«

Mit diesem »Nein« wollte ich niemand und nirgends zugehörig sein. Aber ich bin Mas Tochter, die Tochter von Massiré Dansira. Sie hat mir beigebracht, wer meinesgleichen sind, woher ich komme. Ich reihe mich in diese Geschichte ein. »*N ba ye n lamɔ ka ɲɛ.* Meine Mutter hat mich gut erzogen.«

Lange Zeit nahm ich es Ma übel, dass sie mich in ihre endlosen Kämpfe hineinzog: »Ach was, so ist nun mal das Leben.« Unser Geschick war aber eng miteinander verwoben, die Niederlagen und die Siege der einen wirkten sich auf den Erfolg der anderen aus. Häufig überkam mich die Lust, das Schlachtfeld zu räumen, aber ich durfte nicht desertieren. Ma konnte unmöglich an allen Fronten kämpfen. Um ihre Truppe wieder aufzustellen und um mir Mut einzuflößen, pflegte sie zu sagen: »Es wird besser, irgendwann hört das auf.« Ma wiederholte immer wieder die Worte, an die ich mich klammerte, um durchzuhalten: »*I miiri an ye gɛlɛya minnu ye. An bɛɛ bɛ ban. I muɲu dɔrɔn.* Denk an alles, was wir schon durchgemacht haben. Irgendwann wird es besser. Das Schicksal kann sich nicht immer nur auf uns stürzen. Du musst stark sein.«

Ma sagte mir auch, ich sollte vor allem keine Angst haben und tun, was ich tun musste.

»Keiner kann dich daran hindern, zu sein was du sein sollst, außer dir selbst. *Kana siran. I ka kan ka mun kɛ, o kɛ.* Hab keine Angst, mach deine Arbeit!« War die Lage besonders schwierig, hob sie die Augen zum Himmel und bat, dass wir nicht umsonst leiden mussten:

»*Ala kana a ka sɛgɛn kɛ fu ye. Ala k'an demɛ!*« Dann besann sich Ma auf ihre Vorfahren: »*N bɛ mansaden le ti.* Ich bin das Kind von Herren.« Genau wie sie würde sie die Waffen nicht vor dem Schicksal niederlegen, sondern kämpfen, auch wenn sie es mit dem Leben bezahlen sollte.

Ich fragte sie manchmal, ob sie ein Ende unseres Unglücks absah, denn selbst der größte Krieger muss einmal ausruhen. »*A to Ala ma!* Das liegt in Gottes Hand.«

Ma ist tot. Sie kämpfte bis zu ihrem letzten Atemzug. Ich glaubte lange, dass es irgendwann besser werden würde. Ma hat unzählige Prüfungen bestehen müssen, sie hat alle gemeistert.

Als ich größer wurde, pflegte ich auf jeden ihrer Vorwürfe zu antworten: »Du bist schuld, ich bin wie du!« Ich bin ihr ähnlich, doch nicht ganz wie sie. Wie Jeannot sagt: »Wie langweilig, wenn man zu brav ist!« Ma hat mir den *danbé* weitergegeben, die Würde der Bambara, die Kardinaltugend, die ihr Leben bestimmte. Ma war eine aufrechte und freie Frau, sie hielt weise das Gleichgewicht zwischen der Tradition der *Bamanan* und den Freiheiten, die ihr das Land bot, in dem sie lebte. Vor allem konnte sie in den zahlreichen Schlachten, die sie zu bestehen hatte, »keiner zum Narren halten! »*Mɔgɔ m'i kune a la.*« Ma hat es geschafft, aufrecht zu bleiben, obwohl ihr dafür Bestrafung drohte. Sie wiederholte ständig zu mir: »*N tɛ se ka tiɲɛ di mɔgɔ ma nkalon kan.* Ich kann niemand bei einer Lüge recht geben.« Und, worin sie herausragt, Ma hat gelitten, ohne zu verbittern. Sie ist unleugbar die würdige Erbin ihrer Bamanan-Vorfahren, die der Schande einer Niederlage den Tod vorzogen, sie kämpfte zeitlebens gegen die menschliche Niederlage.

Trotz ihrer innigen Verbundenheit mit dem Land ihrer Geburt hat mich Ma einige Jahre vor ihrem Tod darum gebeten, ein Einbürgerungsformular auszufüllen. Dieser Plan ließ mich schmunzeln.

»Was willst du damit?«

»Du machst und fertig!«

Sie war plötzlich beunruhigt. Ma fürchtete eine weitere Ablehnung! Man musste nur die Nachrichten sehen:

»Die Weißen haben nur das Wort ›Ausländer‹ im Mund. Ausländer, Ausländer ... immer die Ausländer.« Frankreich war das Land, das ihr Schutz geboten hatte, dieses Gefühl bekam allmählich Risse. Auch in ihr wuchs ein Gefühl der Unsicherheit. »*Faransi bɛ ka tiɲɛ.* Frankreich wird schlecht.« Französin zu werden, war vielleicht ein Mittel gegen das Unglück, das sich abzeichnete. Das Stück Papier wäre die unbestreitbare Garantie, dass sie voll und ganz zu diesem zweiten Land gehörte, selbst wenn ihr Herz für immer an Mali hing. »Man kann nicht vergessen dort wo man geboren ist. Unmöglich!«

Ma, Ala k'i layɔrɔ sumaya. Ala dɔrɔn de bɛ se k'i sara i ka baara ɲumanw na. Ma, ruhe in Frieden. Nur Gott kann dich für deine Taten belohnen.

Ich bedanke mich

bei Catherine Picard, die mich dazu ermutigt hat, dieses Buch zu schreiben, und mir geholfen hat, dass es gelungen ist;

bei Idrissa Koné von Afrilangues;

bei Lydie Violet, Mireille Paolini, Emmanuelle Huisman-Perrin, Jean-Baptiste Perrin, Jean Rauch und den Boxerinnen und Boxern vom Boxing-Club Paris 20, Fanta, Asa, Assetou, Mamadou, Oumou, Hawa, Amy Coulibaly, Priscilla Marsollas, Marianne Ibeigui, Marie Kersulec, Kadi Buka, Séverine Rollet, Zoheir Bouakel aka Kyle, Jane Birmant, Marysa Baradji, Pamela Diop, Jean-Claude et Dani, Gangarana Issa, Marie Desplechin …

bei allen, die ich hier vergesse, ist keine Absicht!

Aya Cissoko wurde 1978 in Frankreich geboren. Ihre Eltern kamen Anfang der 1970er Jahre aus Mali nach Frankreich. 1986 kommen ihr Vater und ihre Schwester bei einem Brandanschlag in Paris ums Leben. Sie entdeckt das Boxen für sich als Rückzugsort und wird 2006 Amateur-Boxweltmeisterin. Ein Bruch der Wirbelsäule beendet 2010 ihre Boxkarriere. 2011 veröffentlicht sie (zusammen mit Marie Desplechin) ihr erstes Buch, *danbé*, das unter dem Titel *Wohin ich gehe* verfilmt wurde. Sie studiert Politikwissenschaften am Institut d'études politiques in Paris. 2016 erschien ihr zweites Buch *n'ba*, das nun in deutscher Übersetzung vorliegt. Sie lebt in Paris.

Beate Thill, geboren 1952 in Baden-Baden, studierte Anglistik und Geographie. Seit 1983 arbeitet sie als literarische Übersetzerin der Sprachen Englisch und Französisch, mit dem Schwerpunkt Literatur aus »dem Süden«, v.a. aus Afrika und der Karibik. Daneben arbeitet sie als Dolmetscherin, verfasst Texte zur Übersetzungstheorie und für den Rundfunk. Sie hat u.a. den kongolesischen Lyriker Tchicaya U Tam'si, den karibischen Autor Édouard Glissant, den Tunesier Abdelwahab Meddeb und die Algerierin Assja Djebar übersetzt. 2014 erhielt sie den Internationalen Literaturpreis vom Haus der Kulturen der Welt in Berlin für ihre Übersetzung des Romans *Das Rätsel der Rückkehr* von Dany Laferriere.

Dany Laferrière

Die Kunst, einen Schwarzen zu lieben ohne zu ermüden

Roman

Übersetzung: Beate Thill

140 Seiten
ISBN: 978-3-88423-568-3
Ebook - ISBN: 978-3-88423-569-0

Anfang der 1980er Jahre in Montreal:
Zwei arbeitslose schwarze Migranten hausen zusammen in einer versifften Einzimmerwohnung. Der eine liegt auf der Couch, hört den ganzen Tag Jazz, liest im Koran und zitiert Freud. Der andere schreibt auf seiner Remington 22 – das nächtliche Klappern der Tastatur weckt die Neugier der weißen Studentinnen der angesehenen McGill-Universität. Welcher Entgrenzungswunsch ist es, der aus den bildungshungrigen Bürgertöchtern Dauergäste in der Bude der Habenichtse macht? Aus dem Versuch, sich einen Reim darauf zu machen – unter Befragung der literarischen Tradition jeglicher Couleur –, wächst der Roman in einer souveränen, gewitzten Sprache, wird aus dem exotischen Lover ein Autor. Sein erster Roman hat Dany Laferrière 1986 mit einem Schlag im gesamten französischsprachigen Raum berühmt gemacht.